Romanzi e Racconti   10

Susanna Tamaro

# VA' DOVE TI PORTA
# IL CUORE

Baldini&Castoldi

29ª edizione

© 1994 Baldini&Castoldi s.r.l.
Milano
ISBN 88-859-8940-3

*A Pietro*

Oh Shiva, che cos'è la tua realtà?
Che cos'è quest'universo colmo di stupore?
Che cosa forma il seme?
Chi fa da mozzo alla ruota dell'universo?
Che cos'è questa vita al di là della forma
che pervade le forme?
Come possiamo entrarvi pienamente, al di
sopra dello spazio e del tempo, dei nomi e
dei connotati?
Chiarisci i miei dubbi!

Da un testo sacro dello shivaismo kashmiro

Opicina, 16 novembre 1992

Sei partita da due mesi e da due mesi, a parte una cartolina nella quale mi comunicavi di essere ancora viva, non ho tue notizie. Questa mattina, in giardino, mi sono fermata a lungo davanti alla tua rosa. Nonostante sia autunno inoltrato, spicca con il suo color porpora, solitaria e arrogante, sul resto della vegetazione ormai spenta. Ti ricordi quando l'abbiamo piantata? Avevi dieci anni e da poco avevi letto il *Piccolo Principe*. Te l'avevo regalato io come premio per la tua promozione. Eri rimasta incantata dalla storia. Tra tutti i personaggi, i tuoi preferiti erano la rosa e la volpe; non ti piacevano invece i baobab, il serpente, l'aviatore, né tutti gli uomini vuoti e presuntuosi che vagavano seduti sui loro minuscoli pianeti. Così una mattina, mentre facevamo colazione, hai detto: «Voglio una rosa». Davanti alla mia obiezione che ne avevamo già tante hai risposto: «Ne voglio una che sia mia soltanto, voglio curarla, farla diventare grande». Naturalmente, oltre alla rosa, volevi anche una volpe. Con la furbizia dei bambini avevi messo il desiderio semplice davanti a quello quasi impossibile. Come potevo negarti la volpe dopo che ti avevo concesso la rosa? Su questo punto abbiamo discusso a lungo, alla fine ci siamo messe d'accordo per un cane.

La notte prima di andare a prenderlo non hai chiuso occhio. Ogni mezz'ora bussavi alla mia porta e dicevi: «Non riesco a dormire». La mattina alle sette avevi già fatto colazione, ti eri vestita e lavata; con il cappotto addosso mi aspettavi seduta in poltrona. Alle otto e mezza eravamo davanti all'ingresso del canile, era ancora chiuso. Tu guardando tra le grate dicevi: «Come saprò qual è proprio il mio?» C'era una grande ansia nella tua voce. Io ti rassicuravo, non preoccuparti, dicevo, ricorda come il Piccolo Principe ha addomesticato la volpe.

Siamo tornate al canile per tre giorni di seguito. C'erano più di duecento cani là dentro e tu volevi vederli tutti. Ti fermavi davanti a ogni gabbia, stavi lì immobile e assorta in un'apparente indifferenza. I cani intanto si buttavano tutti contro la rete, abbaiavano, facevano salti, con le zampe cercavano di divellere le maglie. Assieme a noi c'era l'addetta del canile. Credendoti una ragazzina come tutte le altre, per invogliarti ti mostrava gli esemplari più belli: «Guarda quel cocker», ti diceva. Oppure: «Che te ne pare di quel lassie?» Per tutta risposta emettevi una specie di grugnito e procedevi senza ascoltarla.

Buck l'abbiamo incontrato al terzo giorno di quella via crucis. Stava in uno dei box sul retro, quelli dove venivano alloggiati i cani convalescenti. Quando siamo arrivate davanti alla grata, invece di correrci incontro assieme a tutti gli altri, è rimasto seduto al suo posto senza neanche alzare la testa. «Quello», hai esclamato tu indicandolo con un dito. «Voglio quel cane lì.» Ti ricordi la faccia esterrefatta della donna? Non riusciva a capire come tu volessi entrare in possesso di quel botolo orrendo. Già, perché Buck era piccolo di taglia ma nella sua piccolezza racchiudeva quasi tutte le razze del mondo. La testa da lupo, le orecchie morbide e basse da cane da caccia, le zampe slanciate quanto quelle di un bassotto, la coda spumeggiante di un volpino e il manto nero e focato di un dobermann. Quando siamo andate negli uffici per firmare le carte, l'impiegata ci ha raccontato la sua storia. Era stato lanciato fuori da un'auto in corsa all'inizio dell'estate. Nel volo si era ferito gravemente e per questo motivo una delle zampe posteriori pendeva come morta.

Buck adesso è qui al mio fianco. Mentre scrivo ogni tanto sospira e avvicina la punta del naso alla mia gamba. Il muso e le orecchie sono diventati ormai quasi bianchi e sugli occhi, da qualche tempo, gli si è posato quel velo che sempre si posa sugli occhi dei cani vecchi. Mi commuovo a guardarlo. È come se qui accanto ci fosse una parte di te, la parte che più amo, quella che, tanti anni fa, tra i duecento ospiti del ricovero, ha saputo scegliere il più infelice e brutto.

In questi mesi, vagando nella solitudine della casa, gli anni di incomprensioni e malumori della nostra convivenza sono scomparsi. I ricordi che ci sono intorno a me sono i ricordi di te bambina, cucciolo vulnerabile e smarrito. È a lei che scrivo, non alla persona difesa e arrogante degli ultimi tempi. Me l'ha suggerito la rosa. Stamattina, quando le sono passata accanto mi ha detto: «Prendi della carta e scrivile una lettera». So che tra i nostri patti al momento della tua partenza c'era quello che non ci saremmo scritte e a malincuore lo rispetto. Queste righe non prenderanno mai il volo per raggiungerti in America. Se non ci sarò più io al tuo ritorno, ci saranno loro qui ad aspettarti. Perché dico così? Perché meno di un mese fa, per la prima volta nella mia vita, sono stata male in modo grave. Così adesso so che tra tutte le cose possibili c'è anche questa: tra sei o sette mesi potrei non essere più qui ad aprirti la porta, ad abbracciarti. Un'amica tempo fa mi diceva che nelle persone che non hanno mai sofferto di niente, la malattia, quando viene, si manifesta in modo immediato e violento. A me è successo proprio così: una mattina, mentre stavo innaffiando la rosa, qualcuno all'improvviso ha spento la luce. Se la moglie del signor Razman non mi avesse visto attraverso la recinzione che divide i nostri giardini, quasi di sicuro a quest'ora saresti orfana. Orfana? Si dice così quando muore una nonna? Non ne sono proprio sicura. Forse i nonni sono considerati così accessori da non richiedere un termine che ne specifichi la perdita. Dei nonni non si è né orfani né vedovi. Per moto naturale si lasciano lungo la strada così come per distrazione, lungo la strada, si abbandonano gli ombrelli.

Quando mi sono svegliata in ospedale non mi ricordavo assolutamente nulla. Con gli occhi ancora chiusi avevo la sensazione che mi fossero cresciuti due baffi lunghi e sottili, baffi da gatto. Appena li ho aperti mi sono resa conto che si trattava di due tubicini di plastica; uscivano dal mio naso e correvano lungo le labbra. Intorno a me c'erano soltanto delle strane macchine. Dopo qualche giorno sono stata trasferita in una stanza normale, dove c'erano già altre due persone. Mentre ero lì un pomeriggio è venuto a trovarmi il signor Razman con la moglie. «È ancora viva», mi ha detto, «grazie al suo cane che abbaiava come un pazzo.»

Quando già avevo cominciato ad alzarmi è entrato nella stanza un giovane medico che avevo visto altre volte durante le visite. Ha preso una sedia e si è seduto vicino al mio letto. «Dato che non ha parenti che possano provvedere e decidere per lei», ha detto, «le dovrò parlare senza intermediari e in modo sincero.» Parlava, e mentre parlava, più che ascoltarlo, lo guardavo. Aveva le labbra strette e, come sai, a me non sono mai piaciute le persone con le labbra strette. A sentire lui il mio stato di salute era così grave da non permettermi di tornare a casa. Mi ha fatto il nome di due o tre pensionati con assistenza infermieristica dove avrei potuto andare a vivere. Dall'espressione della mia faccia deve aver capito qualcosa perché subito ha aggiunto: «Non si immagini il vecchio ospizio, adesso è tutto diverso, ci sono stanze luminose e intorno grandi giardini dove poter passeggiare». «Dottore», gli ho detto io allora, «conosce gli esquimesi?» «Certo che li conosco», ha risposto alzandosi. «Ecco, vede, io voglio morire come loro», e visto che sembrava non capire, ho aggiunto, «preferisco cadere a faccia in giù tra le zucchine del mio orto piuttosto che vivere un anno ancora inchiodata a un letto, in una stanza dalle pareti bianche.» A quel punto lui era già sulla porta. Sorrideva in modo cattivo. «Tanti dicono così», ha detto prima di scomparire, «ma all'ultimo momento corrono tutti qua a farsi curare e tremano come foglie.»

Tre giorni dopo ho firmato un foglio ridicolo in cui dichiaravo che, se per caso fossi morta, la responsabilità sarebbe stata mia e soltanto mia. L'ho consegnato a una giovane infermiera con la testa piccola e due enormi orecchini d'oro e poi, con le mie poche cose raccolte in un sacchetto di plastica, mi sono avviata alla fermata dei taxi.

Appena Buck mi ha visto comparire sul cancello ha cominciato a correre in tondo come un pazzo; poi, per ribadire la sua felicità, ha devastato abbaiando due o tre aiuole. Per una volta non ho avuto cuore di sgridarlo. Quando mi è venuto vicino con il naso sporco di terra gli ho detto: «Hai visto, vecchio mio? Siamo di nuovo assieme», e gli ho grattato il retro delle orecchie.

Nei giorni seguenti ho fatto poco o niente. Dopo

l'incidente la parte sinistra del corpo non risponde più come una volta ai miei comandi. La mano soprattutto è diventata lentissima. Siccome mi fa rabbia che vinca lei, faccio di tutto per usarla più dell'altra. Mi sono legata un fiocchetto rosa sul polso, così ogni volta che devo prendere una cosa mi ricordo di usare la sinistra invece della destra. Finché il corpo funziona non ci si rende conto di che grande nemico possa essere; se si cede nella volontà di contrastarlo anche per un solo istante, si è già perduti.

In ogni caso, vista la mia ridotta autonomia, ho dato una copia delle chiavi alla moglie di Walter. È lei che passa ogni giorno a trovarmi e mi porta tutto ciò di cui ho bisogno.

Girando tra la casa e il giardino il pensiero di te è diventato insistente, una vera ossessione. Più volte sono arrivata fino al telefono e l'ho sollevato con l'intenzione di mandarti un telegramma. Ogni volta però, appena rispondeva il centralino, decidevo di non farlo. La sera, seduta in poltrona – davanti a me il vuoto e intorno il silenzio – mi interrogavo su cosa fosse meglio. Su cosa fosse meglio per te, naturalmente, non per me. Per me certo sarebbe molto più bello andarmene con te accanto. Sono sicura che se ti avessi avvisato della mia malattia, tu avresti interrotto il tuo soggiorno in America e ti saresti precipitata qui. E poi? Poi magari io sarei vissuta ancora per tre, per quattro anni, magari in sedia a rotelle, magari istupidita e tu, per dovere, mi avresti assistito. Lo avresti fatto con dedizione ma, col tempo, quella dedizione si sarebbe trasformata in rabbia, in astio. Astio perché gli anni sarebbero passati e avresti sprecato la tua giovinezza; perché il mio amore, con l'effetto di un boomerang, avrebbe costretto la tua vita in un vicolo cieco. Così diceva dentro di me la voce che non voleva telefonarti. Non appena decidevo che aveva ragione lei, subito compariva nella mia mente una voce contraria. Cosa ti sarebbe successo, mi chiedevo, se al momento di aprire la porta, invece di trovare me e Buck festanti, avessi trovato la casa vuota, disabitata da tempo? Esiste qualcosa di più terribile di un ritorno che non riesce a compiersi? Se ti avesse raggiunto laggiù un telegramma con la notizia della mia scomparsa, non avresti forse pensato a una specie di tradimento? A un dispetto? Visto che negli ultimi mesi eri stata molto sgarbata con me, io ti punivo andandomene senza avvisarti. Questo non sarebbe stato un boomerang ma una voragine, credo che sia quasi impossibile sopravvivere a una cosa del genere. Ciò che dovevi dire alla persona cara resta per sempre dentro di te; lei sta là, sotto terra, e non puoi più guardarla negli occhi, abbracciarla, dirle quello che non le avevi ancora detto.

I giorni passavano e non prendevo nessun tipo di decisione. Poi questa mattina, il suggerimento della rosa. Scrivile una lettera, un piccolo diario dei tuoi giorni che continui a tenerle compagnia. E così eccomi qua, in cucina, con un tuo vecchio quaderno davanti a mordicchiare la penna come un bambino in difficoltà con i compiti. Un testamento? Non proprio, piuttosto qualcosa che ti segua negli anni, qualcosa che potrai leggere ogni volta che sentirai il bisogno di avermi vicina. Non temere, non voglio pontificare né rattristarti, soltanto chiacchierare un po' con l'intimità che ci legava una volta e che, negli ultimi anni, abbiamo perso. Per avere a lungo vissuto e aver lasciato dietro di me tante persone, so ormai che i morti pesano non tanto per l'assenza, quanto per ciò che – tra loro e noi – non è stato detto.

Vedi, io mi sono trovata a farti da madre già in là negli anni, nell'età in cui di solito si è soltanto nonni.

Questo ha avuto molti vantaggi. Vantaggi per te, perché una nonna mamma è sempre più attenta e più buona di una mamma mamma, e vantaggi per me perché, invece di rimbecillirmi come le mie coetanee tra una canasta e una pomeridiana allo stabile, con prepotenza sono stata nuovamente trascinata nel flusso della vita. A un certo punto, però, qualcosa si è rotto. La colpa non era né mia né tua ma soltanto delle leggi di natura.

L'infanzia e la vecchiaia si assomigliano. In entrambi i casi, per motivi diversi, si è piuttosto inermi, non si è ancora – o non si è più – partecipi della vita attiva e questo permette di vivere con una sensibilità senza schemi, aperta. È durante l'adolescenza che comincia a formarsi intorno al nostro corpo un'invisibile corazza. Si forma durante l'adolescenza e continua a ispessirsi per tutta l'età adulta. Il processo della sua crescita somiglia un po' a quello delle perle, più grande e profonda è la ferita, più è forte la corazza che si sviluppa intorno. Poi però con il passare del tempo, come un vestito portato troppo a lungo, nei punti di maggiore uso inizia a logorarsi, fa vedere la trama, ad un tratto per un movimento brusco si strappa. In principio non ti accorgi di niente, sei convinta che la corazza ti avvolga ancora interamente finché un giorno, all'improvviso, davanti a una cosa stupida senza sapere perché ti ritrovi a piangere come un bambino.

Così quando dico che tra me e te è insorto un divario naturale, intendo proprio questo. Nel tempo in cui la tua corazza ha cominciato a formarsi, la mia era già a brandelli. Tu non sopportavi le mie lacrime ed io non sopportavo la tua improvvisa durezza. Sebbene fossi preparata al fatto che avresti cambiato carattere con l'adolescenza, una volta avvenuto il cambiamento mi è stato molto difficile sopportarlo. All'improvviso c'era una persona nuova davanti a me e questa persona non sapevo più come prenderla. La sera, nel letto, al momento di raccogliere i pensieri ero felice di quanto ti stava succedendo. Mi dicevo, chi passa l'adolescenza indenne non diventerà mai una persona davvero grande. Alla mattina però, quando mi sbattevi la prima porta in faccia, che depressione, che voglia di piangere! L'energia necessaria per tenerti testa non riuscivo a trovarla da nessuna parte. Se mai arriverai a ottant'anni, capirai che a quest'età ci si sente come foglie alla fine di settembre. La luce del giorno dura meno e l'albero piano piano comincia a richiamare a sé le sostanze nutritive. Azoto, clorofilla e proteine vengono risucchiate dal tronco e con loro se ne va anche il verde, l'elasticità. Si sta ancora sospesi lassù ma si sa che è questione di poco. Una dopo l'altra cadono le foglie vicine, le guardi cadere, vivi nel terrore che si levi il vento. Per me il vento eri tu, la vitalità litigiosa della tua adolescenza. Te ne sei mai resa conto, tesoro? Abbiamo vissuto sullo stesso albero ma in stagioni così diverse.

Mi viene in mente il giorno della partenza, come eravamo nervose, eh? Tu non avevi voluto che ti accompagnassi all'aeroporto, e ad ogni cosa che ti ricordavo di prendere mi rispondevi: «Vado in America, mica nel deserto». Sulla porta, quando ti ho gridato con la mia voce odiosamente stridula: «Abbi cura di te», senza neanche voltarti mi hai salutata dicendo: «Abbi cura di Buck e della rosa».

Sul momento, sai, sono rimasta un po' delusa da questo tuo saluto. Da vecchia sentimentale quale sono mi aspettavo qualcosa di diverso e più banale come un bacio o una frase affettuosa. Soltanto la sera quando, non riuscendo a prendere sonno, mi aggiravo in vestaglia per la casa vuota, mi sono resa conto che curare

Buck e la rosa voleva dire curare la parte di te che continua a vivermi accanto, la parte felice di te. E mi sono anche resa conto che nella secchezza di quell'ordine non c'era insensibilità ma la tensione estrema di una persona pronta a piangere. È la corazza di cui parlavo prima. Tu ce l'hai ancora così stretta che quasi non respiri. Ti ricordi cosa ti dicevo negli ultimi tempi? Le lacrime che non escono si depositano sul cuore, con il tempo lo incrostano e lo paralizzano come il calcare incrosta e paralizza gli ingranaggi della lavatrice.

Lo so, i miei esempi tratti dall'universo della cucina invece di farti ridere ti fanno sbuffare. Rassegnati: ognuno trae ispirazione dal mondo che conosce meglio.

Ora devo lasciarti. Buck sospira e mi guarda con occhi imploranti. Anche in lui si manifesta la regolarità della natura. In tutte le stagioni, conosce l'ora della pappa con la precisione di un orologio svizzero.

18 novembre

Questa notte è caduta una forte pioggia. Era così violenta che più volte mi sono svegliata per il rumore che faceva battendo sulle imposte. Stamattina, quando ho aperto gli occhi convinta che il tempo fosse ancora brutto, mi sono crogiolata a lungo tra le coperte. Come cambiano le cose con gli anni! Alla tua età ero una specie di ghiro, se nessuno mi disturbava potevo dormire anche fino all'ora di pranzo. Adesso invece, prima dell'alba sono sempre sveglia. Così le giornate diventano lunghissime, interminabili. C'è della crudeltà in tutto questo, no? Le ore del mattino poi sono le più terribili, non c'è niente che aiuti a distrarsi, stai lì e sai che i tuoi pensieri possono andare soltanto indietro. I pensieri di un vecchio non hanno futuro, sono per lo più tristi, se non tristi, malinconici. Mi sono spesso interrogata su questa stranezza della natura. L'altro giorno alla televisione ho visto un documentario che mi ha fatto riflettere. Parlava dei sogni degli animali. Nella gerarchia zoologica, dagli uccelli in su, tutti gli animali sognano molto. Sognano le cinciallegre e i piccioni, gli scoiattoli e i conigli, i cani e le mucche distese sul prato. Sognano, ma non tutti allo stesso modo. Gli animali che per natura sono soprattutto prede fanno dei sogni brevi, più che sogni veri e propri sono apparizioni. I predatori fanno invece sogni complicati e lunghi. «Per gli animali», diceva lo speaker, «l'attività onirica è un modo per organizzare le strategie di sopravvivenza, chi caccia deve elaborare forme sempre nuove per procurarsi il cibo, chi è cacciato – e il cibo di solito se lo trova davanti in forma di erba – deve pensare soltanto al modo più veloce di fuggire.» L'antilope insomma, dormendo vede davanti a sé la savana aperta; il leone invece, in un continuo e variato ripetersi di scene, vede tutte le cose che dovrà fare per riuscire a mangiare l'antilope. Deve essere così, mi sono detta allora, da giovani si è carnivori e da vecchi erbivori. Perché quando si è vecchi oltre a dormire poco, non si fanno sogni, o se si fanno forse non ne resta il ricordo. Da bambini e da giovani invece si sogna di più e i sogni hanno il potere di determinare l'umore del giorno. Ti ricordi i pianti che facevi appena sveglia negli ultimi mesi? Stavi lì seduta davanti alla tazza di caffè e le lacrime ti scendevano silenziose lungo le guance. «Perché piangi?» ti chiedevo allora, e tu sconsolata o rabbiosa dicevi: «Non lo so». Alla tua età ci sono tante cose da mettere a posto dentro di sé, ci sono progetti e nei progetti insicurezze. La parte incosciente non ha un ordine o una logica chiara, assieme ai rimasugli del giorno, gonfiati e deformi, mescola le aspirazioni più profonde, tra le aspirazioni profonde infila i bisogni del corpo. Così, se si ha fame si sogna di trovarsi seduti a tavola e non riuscire a mangiare, se si ha freddo di essere al Polo Nord e non avere il cappotto, se si è subito uno sgarbo si diventa guerrieri assetati di sangue.

Che sogni stai facendo laggiù tra i cactus e i cowboy? Mi piacerebbe saperlo. Chissà se ogni tanto là in mezzo, magari vestita da pellerossa compaio anch'io?

Chissà se sotto spoglie di coyote compare Buck? Hai nostalgia? Ci pensi?

Ieri sera, sai, mentre leggevo seduta in poltrona, all'improvviso ho sentito nella stanza un rumore ritmico, alzata la testa dal libro ho visto Buck che dormendo batteva al suolo la coda. Dall'espressione beata del muso sono sicura che ti vedeva davanti, forse eri appena tornata e ti stava facendo le feste oppure ricordava qualche passeggiata particolarmente bella che avete fatto assieme. I cani sono così permeabili ai sentimenti umani, con la convivenza dalla notte dei tempi siamo diventati quasi uguali. Per questo tante persone li detestano. Vedono troppe cose di sé riflesse nel loro sguardo teneramente vile, cose che preferirebbero ignorare. Buck ti sogna spesso in questo periodo. Io non riesco a farlo o forse lo faccio ma non riesco a ricordarlo.

Quand'ero piccola, aveva vissuto per un periodo a casa nostra una sorella di mio padre, rimasta vedova da poco. Aveva la passione dello spiritismo e appena i miei genitori non ci vedevano, negli angoli più bui e nascosti mi istruiva sui poteri straordinari della mente. «Se vuoi entrare in contatto con una persona lontana», mi diceva, «devi stringere in mano una sua foto, fare una croce composta di tre passi e poi dire, eccomi, sono qui.» In quel modo, secondo lei, avrei potuto ottenere la comunicazione telepatica con la persona desiderata.

Questo pomeriggio, prima di mettermi a scrivere, ho fatto proprio così. Erano circa le cinque, da te doveva essere mattina. Mi hai vista? Sentita? Io ti ho scorta in uno di quei bar pieni di luci e piastrelle dove si mangiano panini con dentro la polpetta, ti ho distinta subito tra quella folla multicolore perché avevi indosso l'ultimo maglione che ti ho fatto, quello con i cervi rossi e blu. L'immagine però è stata così breve e così smaccatamente simile a quelle dei telefilm che non ho fatto in tempo a vedere l'espressione dei tuoi occhi. Sei felice? È questo più di ogni altra cosa che mi sta a cuore.

Ti ricordi quante discussioni abbiamo fatto per decidere se fosse giusto o meno che io finanziassi questo tuo lungo soggiorno di studio all'estero? Tu sostenevi che ti era assolutamente necessario, che per crescere e aprire la mente avevi bisogno di andartene, lasciare l'ambiente asfittico in cui eri cresciuta. Avevi appena finito il liceo e brancolavi nel buio più totale su quello che avresti voluto fare da grande. Da piccola avevi tante passioni: volevi diventare veterinario, esploratore, medico dei bambini poveri. Di questi desideri non era rimasta la minima traccia. L'apertura iniziale che avevi manifestato verso i tuoi simili con gli anni si è andata chiudendo; tutto quello che era filantropia, desiderio di comunione, in un tempo brevissimo è diventato cinismo, solitudine, concentrazione ossessiva sul tuo destino infelice. Se alla televisione capitava di vedere qualche notizia particolarmente cruda, irridevi la compassione delle mie parole dicendo: «Alla tua età di cosa ti meravigli? Non sai ancora che è la selezione della specie a governare il mondo?»

Le prime volte davanti a questo tipo di osservazioni restavo senza fiato, mi sembrava di avere un mostro accanto a me; osservandoti con la coda dell'occhio mi chiedevo da dove fossi venuta fuori, se era questo, con il mio esempio, che ti avevo insegnato. Non ti ho mai risposto però intuivo che il tempo del dialogo era finito, qualsiasi cosa avessi detto ci sarebbe stato soltanto uno scontro. Da un lato avevo paura della mia fragilità, dell'inutile perdita di forze, dall'altro intuivo che lo scontro aperto era proprio ciò che cercavi, che dopo il primo ce ne sarebbero stati altri, sempre di più, sempre

# WHY PAY RETAIL?

## SAVE 70%

# NEW YORK

...when you can get **New York** magazine right now at **70% off** the cover price! Week after week we'll help you live New York life to the fullest—from shopping to Broadway shows, movies to museums, the newest restaurants to the hottest night spots. It's the best bargain in town!

☐ **1 year - 46 issues: $39.90**    ☐ **6 months - 23 issues: $19.95**

Name

Address

City                                    State                    Zip                    Apt

☐ **Payment enclosed**    ☐ **Bill me later**

Savings based on the regular cover price of $2.99. This does not reflect occasionally higher priced special and double issues. Offer good in U.S. and possessions only.

**Mail this card today!**

# BUSINESS REPLY MAIL

FIRST-CLASS MAIL    PERMIT NO 104    FLAGLER BEACH FL

POSTAGE WILL BE PAID BY ADDRESSEE

*New York*

PO BOX 420212
PALM COAST FL  32142-7456

VISIT US AT www.newyorkmetro.com

più violenti. Sotto le tue parole percepivo ribollire l'energia, un'energia arrogante, pronta a esplodere e trattenuta a stento; il mio smussare le asperità, la finta indifferenza agli attacchi ti hanno costretta a cercare altre strade.

Allora mi hai minacciato di andartene, di sparire dalla mia vita senza dare più notizie. Ti aspettavi forse la disperazione, le suppliche umili di una vecchia. Quando ti ho detto che partire sarebbe stata un'ottima idea hai cominciato a traballare, sembravi un serpente che alzata la testa di scatto con le fauci aperte e pronto a colpire, a un tratto non vede più davanti a sé la cosa contro cui scagliarsi. Allora hai cominciato a patteggiare, a fare proposte, ne hai fatte di diverse e incerte fino al giorno in cui, con una nuova sicurezza, davanti al caffè mi hai annunciato: «Vado in America».

Ho accolto questa decisione come le altre, con un gentile interessamento. Non volevo, con la mia approvazione, spingerti a fare scelte affrettate, che non sentivi fino in fondo. Nelle settimane seguenti hai continuato a parlarmi dell'idea dell'America. «Se vado un anno là», ripetevi con ossessione, «almeno imparo una lingua e non perdo tempo.» Ti irritavi in modo terribile quando ti facevo notare che perdere tempo non è per niente grave. Il massimo dell'irritazione però l'hai raggiunto nel momento in cui ti ho detto che la vita non è una corsa ma un tiro al bersaglio: non è il risparmio di tempo che conta, bensì la capacità di trovare un centro. C'erano due tazze sul tavolo che subito hai fatto volare spazzandole con un braccio, poi sei scoppiata a piangere. «Sei stupida», dicevi, nascondendo con le mani il volto. «Sei stupida. Non capisci che è proprio quello che voglio?» Per settimane eravamo state come due soldati che dopo aver sepolto una mina in un campo stanno attenti a non montarci sopra. Sapevamo dov'era, cos'era e camminavamo distanti, fingendo che la cosa da temere fosse un'altra. Quando è deflagrata e tu singhiozzavi dicendomi non capisci niente, non capirai mai niente, ho dovuto fare degli sforzi grossissimi per non farti intuire il mio smarrimento. Tua madre, il modo in cui ti ha concepito, la sua morte, di tutto questo non ti ho mai parlato e il fatto che ne tacessi ti ha portata a credere che per me la cosa non esistesse, che fosse poco importante. Ma tua madre era mia figlia, di questo forse non tieni conto. O forse ne tieni conto, ma invece di dirlo, lo covi dentro, altrimenti non posso spiegarmi certi tuoi sguardi, certe parole cariche di odio. Di lei, a parte il vuoto, tu non hai altri ricordi: eri ancora troppo piccola il giorno che è morta. Io, invece, nella mia memoria conservo trentatre anni di ricordi, trentatre più i nove mesi che l'ho portata in grembo.

Come puoi pensare che la questione mi lasci indifferente?

Nel non affrontare prima l'argomento, da parte mia c'era soltanto pudore e una buona dose di egoismo. Pudore perché era inevitabile che parlando di lei avrei dovuto parlare di me, delle mie colpe vere o presunte; egoismo perché speravo che il mio amore sarebbe stato così grande da coprire la mancanza del suo, da impedirti un giorno di avere nostalgia di lei e di domandarmi: «Chi era mia madre, perché è morta?»

Finché eri bambina, assieme eravamo felici. Eri una bambina piena di gioia ma nella tua gioia non c'era nulla di superficiale, di scontato. Era una gioia su cui stava sempre in agguato l'ombra della riflessione, dalle risate passavi al silenzio con una facilità sorprendente. «Cosa c'è, cosa pensi?» ti chiedevo allora e tu, come se parlassi della merenda, mi rispondevi: «Penso se il cielo finisce o va avanti per sempre». Ero orgogliosa del tuo essere così, la tua sensibilità somigliava alla mia, non mi sentivo grande o distante ma teneramente complice. Mi illudevo, volevo illudermi che così sarebbe stato per sempre. Ma purtroppo non siamo esseri sospesi in bolle di sapone, vaganti felici per l'aria; c'è un prima e un dopo nelle nostre vite e questo prima e dopo intrappola i nostri destini, si posa su di noi come una rete sulla preda. Si dice che le colpe dei padri cadano sui figli. È vero, verissimo, le colpe dei padri cadono sui figli, quelle dei nonni sui nipoti, quelle dei bisnonni sui bisnipoti. Ci sono verità che portano in sé un senso di liberazione e altre che impongono il senso del tremendo. Questa appartiene alla seconda categoria. Dove finisce la catena delle colpe? A Caino? Possibile che tutto debba andare così lontano? C'è qualcosa dietro tutto questo? Una volta, in un libro indiano ho letto che il fato possiede tutto il potere mentre lo sforzo della volontà è solo un pretesto. Dopo averlo letto una gran pace mi è scesa dentro. Già il giorno dopo però, poche pagine più in là, ho trovato scritto che il fato non è altro che il risultato delle azioni passate, siamo noi, con le nostre mani, a forgiare il nostro stesso destino. Così sono tornata al punto di partenza. Dov'è il bandolo di tutto questo, mi sono chiesta. Qual è il filo che si dipana? È un filo o una catena? Si può tagliare, rompere oppure ci avvolge per sempre?

Intanto taglio io. La mia testa non è più quella di una volta, le idee ci sono sempre, certo, non è cambiato il modo di pensare ma la capacità di sostenere uno sforzo prolungato. Adesso sono stanca, la testa mi gira come quando da giovane cercavo di leggere un libro di filosofia. Essere, non essere, immanenza... dopo poche pagine provavo lo stesso stordimento che si prova viaggiando su una corriera per strade di montagna. Per il momento ti lascio, vado un po' a istupidirmi davanti a quella amata odiata scatoletta che sta in salotto.

## 20 novembre

Di nuovo qui, terzo giorno del nostro incontro. O meglio, quarto giorno e terzo incontro. Ieri ero così stanca che non sono riuscita a scrivere niente e neppure a leggere. Essendo inquieta e non sapendo cosa fare ho girato tutto il giorno tra la casa e il giardino. L'aria era abbastanza mite e nelle ore più calde mi sono seduta sulla panchina accanto alla forsizia. Intorno a me il prato e le aiuole erano nel più completo disordine. Guardandole mi è venuta in mente la lite per le foglie cadute. Quand'è stata? L'anno scorso? Due anni fa? Avevo avuto una bronchite che stentava ad andarsene, le foglie erano già tutte sull'erba, vorticavano di qua e di là trasportate dal vento. Affacciandomi alla finestra mi era venuta una grande tristezza, il cielo era cupo, c'era una gran aria di abbandono fuori. Ti ho raggiunta in camera, stavi distesa sul letto con le cuffie attaccate alle orecchie. Ti ho chiesto per favore di rastrellare le foglie. Per farmi sentire ho dovuto ripetere la frase diverse volte con voce sempre più forte. Hai alzato le spalle dicendo: «E perché mai? In natura nessuno le raccoglie, stanno lì a marcire e va bene così». La natura a quel tempo era la tua grande alleata, riuscivi a giustificare ogni cosa con le sue incrollabili leggi. Invece di spiegarti che un giardino è una natura addomesticata, una natura-cane che ogni anno somiglia di più al suo padrone e che proprio come un cane ha bisogno di continue attenzioni, mi sono ritirata in salotto senza aggiungere altro. Poco dopo, quando mi sei passata davanti per andare a mangiare qualcosa dal frigo hai visto che piangevo ma non ci hai fatto caso. Solo all'ora di cena quando sei sbucata un'altra volta dalla stanza e hai detto «cosa si mangia?» ti sei accorta che ero ancora lì e ancora stavo piangendo. Allora sei andata in cucina e hai cominciato ad armeggiare ai fornelli. «Cosa preferisci», gridavi da stanza a stanza, «un budino di cioccolata o della frittata?» Avevi capito che il mio dolore era vero e cercavi di essere carina, di farmi in qualche modo piacere. La mattina dopo appena aperti gli scuri ti ho vista sul prato, pioveva forte, avevi indosso la cerata gialla e rastrellavi le foglie. Quando verso le nove sei tornata dentro ho fatto finta di niente, sapevo che più di ogni altra cosa detestavi quella parte di te che ti portava a essere buona.

Stamattina guardando desolata le aiuole del giardino, ho pensato che dovrei chiamare proprio qualcuno per eliminare la trasandatezza in cui sono scivolata durante e dopo la malattia. Lo penso da quando sono uscita dall'ospedale eppure non mi risolvo mai a farlo. Con gli anni è nata in me una grande gelosia per il giardino, non rinuncerei per nulla al mondo a innaffiare le dalie, a togliere da un ramo una foglia morta. È strano perché da giovane mi seccava molto occuparmi della sua cura: avere un giardino, più che un privilegio, mi sembrava una seccatura. Era sufficiente infatti che allentassi l'attenzione per un giorno o due perché subito, su quell'ordine così faticosamente raggiunto, si inserisse un'altra volta il disordine e il disordine più di ogni altra cosa mi dava fastidio. Non avevo un centro dentro di me, di conseguenza non sopportavo di vedere all'esterno ciò che avevo al mio interno. Avrei dovuto ricordarmelo quando ti ho chiesto di rastrellare le foglie!

Ci sono cose che si possono comprendere a una certa età e non prima: tra queste il rapporto con la casa, con tutto ciò che ci sta dentro e intorno. A sessanta, a settant'anni improvvisamente capisci che il giardino e la casa non sono più un giardino e una casa dove vivi per comodità o per caso o per bellezza, ma sono il tuo giardino e la tua casa, ti appartengono come la conchiglia appartiene al mollusco che ci vive dentro. Hai formato la conchiglia con le tue secrezioni, incisa nelle sue volute c'è la tua storia, la casa-guscio ti avvolge, ti sta sopra, intorno, forse neanche la morte la libererà dalla tua presenza, dalle gioie e dalle sofferenze che hai provato al suo interno.

Ieri sera non avevo voglia di leggere, così ho guardato la televisione. Più che guardarla, a dire il vero, l'ho ascoltata perché dopo neanche mezz'ora di programma mi sono assopita. Sentivo le parole a tratti, un po' come quando in treno si scivola nel dormiveglia e i discorsi degli altri viaggiatori ci giungono intermittenti e privi di senso. Trasmettevano un'inchiesta giornalistica sulle sette di fine millennio. C'erano diverse interviste a santoni veri e finti e dal loro fiume di parole più volte il termine karma è giunto fino alle mie orecchie. Appena l'ho sentito mi è tornato in mente il volto del mio professore di filosofia del liceo.

Era giovane e per quei tempi molto anticonformista. Spiegando Schopenhauer ci aveva parlato un po' delle filosofie orientali e parlando di queste ci aveva introdotto al concetto di karma. Quella volta non avevo prestato molta attenzione alla cosa, la parola e ciò che esprimeva mi erano entrate da un orecchio e uscite dall'altro. Per tanti anni in sottofondo mi è rimasta la sensazione che fosse una specie di legge del taglione, qualcosa del tipo occhio per occhio, dente per dente o chi la fa, l'aspetti. Soltanto quando la direttrice dell'asilo mi chiamò per parlarmi dei tuoi strani comportamenti, il karma – e ciò che a lui è legato – mi tornò in mente. Avevi messo in subbuglio l'intera scuola materna. Di punto in bianco, durante l'ora dedicata ai racconti liberi, ti eri messa a parlare della tua precedente vita. Le maestre, in un primo momento, avevano pensato a un'eccentricità infantile. Davanti alla tua storia avevano cercato di minimizzare, di farti cadere in contraddizione. Ma tu non c'eri caduta per niente, avevi detto persino parole in una lingua che non era nota a nessuno. Quando il fatto si ripeté per la terza volta fui convocata dalla direttrice dell'istituto. Per il bene tuo e del tuo futuro, mi consigliarono di farti seguire da uno psicologo. «Con il trauma che ha avuto», diceva, «è normale che si comporti così, che cerchi di evadere la realtà.» Naturalmente dallo psicologo non ti ho mai portata, mi sembravi una bambina felice, ero più propensa a credere che quella tua fantasia non fosse da imputare a un disagio presente ma a un ordine diverso delle cose. Dopo il fatto non ti ho mai spinto a parlarmene, né tu, di tua iniziativa, hai sentito il bisogno di farlo. Forse ti sei scordata tutto il giorno stesso in cui l'hai detto davanti alle maestre esterrefatte.

Ho la sensazione che negli ultimi anni sia diventato molto di moda parlare di queste cose: una volta questi erano argomenti per pochi eletti, adesso invece sono sulla bocca di tutti. Tempo fa, su un giornale, ho letto che in America esistono persino dei gruppi di autocoscienza sulla reincarnazione. La gente si riunisce e parla delle esistenze precedenti. Così la casalinga dice: «Nell'Ottocento a New Orleans ero una donna di strada per questo adesso non riesco a essere fedele a mio marito», mentre il benzinaio razzista trova ragione del suo odio nel fatto di essere stato divorato dai bantù durante una spedizione nel secolo sedicesimo. Che tristi stupidaggini! Perdute le radici della propria cultura si cerca di rattoppare con le esistenze passate il grigiore e l'incertezza del presente. Se il ciclo delle vite ha un senso, credo, è certo un senso ben diverso.

Al tempo dei fatti dell'asilo mi ero procurata dei libri, per capirti meglio avevo cercato di saperne qualcosa di più. Proprio in uno di quei saggi c'era scritto che i bambini che ricordano con precisione la loro vita anteriore sono quelli morti precocemente e in modo violento. Certe ossessioni inspiegabili alla luce delle tue esperienze di bambina – il gas che usciva dai tubi, il timore che tutto da un momento all'altro potesse esplodere – mi facevano propendere per questo tipo di spiegazione. Quand'eri stanca o in ansia o nell'abbandono del sonno venivi presa da terrori irragionevoli. Non era l'uomo nero a spaventarti né le streghe né i lupi mannari, ma il timore improvviso che da un momento all'altro l'universo delle cose venisse attraversato da una deflagrazione. Le prime volte, appena comparivi terrorizzata nel cuore della notte nella mia stanza mi alzavo e con parole dolci ti riaccompagnavo nella tua. Lì, distesa nel letto, tenendomi la mano volevi che ti raccontassi delle storie che finivano bene. Per timore che dicessi qualcosa di inquietante mi descrivevi prima la trama per filo e per segno, io non facevo altro che ripetere pedissequamente le tue istruzioni. Ripetevo la fiaba una, due, tre volte: quando mi alzavo per tornare nella mia stanza, convinta che ti fossi calmata, sulla porta mi giungeva la tua voce flebile: «Va così?» chiedevi, «è vero, finisce sempre così?» Allora tornavo indietro, ti baciavo sulla fronte e baciandoti dicevo: «Non può finire in nessun altro modo, tesoro, te lo giuro».

Qualche altra notte invece, pur essendo contraria al fatto che dormissi con me – non fa bene ai bambini dormire con i vecchi – non avevo coraggio di rimandarti nel tuo letto. Appena sentivo la tua presenza accanto al comodino, senza voltarmi ti rassicuravo: «È tutto sotto controllo, non esplode niente, torna pure nella tua stanza». Poi fingevo di scivolare in un sonno immediato e profondo. Sentivo allora il tuo respiro leggero per un po' immobile, dopo qualche secondo il bordo del letto cigolava debolmente, con movimenti cauti mi scivolavi accanto e ti addormentavi esausta come un topolino che dopo un grande spavento finalmente raggiunge il caldo della tana. All'alba, per stare al gioco, ti prendevo in braccio, tiepida, abbandonata, e ti riportavo a finire il sonno in camera tua. Al risveglio era rarissimo che ti ricordassi qualcosa, quasi sempre eri convinta di aver trascorso tutta la notte nel tuo letto.

Quando questi attacchi di panico ti prendevano durante il giorno ti parlavo con dolcezza. «Non vedi com'è forte la casa», ti dicevo, «guarda come sono grossi i muri, come vuoi che possano esplodere?» Ma i miei sforzi per rassicurarti erano assolutamente inutili, con gli occhi sbarrati continuavi a osservare il vuoto davanti a te ripetendo: «Tutto può esplodere». Non ho mai smesso di interrogarmi su questo tuo terrore. Cos'era l'esplosione? Poteva essere il ricordo di tua madre, della sua fine tragica e improvvisa? Oppure apparteneva a quella vita che con insolita leggerezza avevi raccontato alle maestre dell'asilo? O erano le due cose assieme mischiate in qualche luogo irraggiungibile della tua memoria? Chissà. Nonostante ciò che si dice, credo che nella testa dell'uomo ci siano ancora più ombre che luce. Nel libro che avevo comprato quella volta comunque c'era anche scritto che i bambini che ricordano altre vite sono molto più frequenti in India e in Oriente, nei paesi in cui il concetto stesso è tradizionalmente accettato. Non stento proprio a crederlo. Pensa un po' se un giorno io fossi andata da mia madre e senza alcun preavviso avessi cominciato a parlare in un'altra lingua oppure le avessi detto: «Non ti sopporto, stavo molto meglio con la mia mamma nell'altra vita». Puoi stare sicura che non avrebbe aspettato neanche un giorno per rinchiudermi in una casa per lunatici.

Esiste uno spiraglio per liberarsi dal destino che impone l'ambiente di origine, da ciò che i tuoi avi ti hanno tramandato per la via del sangue? Chissà. Forse nel susseguirsi claustrofobico delle generazioni a un certo punto qualcuno riesce a intravedere un gradino un po' più alto e con tutte le sue forze cerca di arrivarci. Spezzare un anello, far entrare nella stanza aria diversa, è questo, credo, il minuscolo segreto del ciclo delle vite. Minuscolo ma faticosissimo, pauroso per la sua incertezza.

Mia madre si è sposata a sedici anni, a diciassette mi ha partorito. In tutta la mia infanzia, anzi, in tutta la mia vita, non le ho mai visto fare un solo gesto affettuoso. Il suo matrimonio non era stato d'amore. Nessuno l'aveva costretta, si era costretta da sola perché, più di ogni altra cosa, lei, ricca ma ebrea e per di più convertita, ambiva a possedere un titolo nobiliare. Mio padre, più anziano di lei, barone e melomane, si era invaghito delle sue doti di cantante. Dopo aver procreato l'erede che il buon nome richiedeva, hanno vissuto immersi in dispetti e ripicche fino alla fine dei loro giorni. Mia madre è morta insoddisfatta e rancorosa, senza mai essere sfiorata dal dubbio che almeno qualche colpa fosse sua. Era il mondo a essere crudele perché non le aveva offerto delle scelte migliori. Io ero molto diversa da lei e già a sette anni, passata la dipendenza della prima infanzia, ho cominciato a non sopportarla.

Ho sofferto molto a causa sua. Si agitava in continuazione e sempre e soltanto per delle cause esterne. La sua presunta «perfezione» mi faceva sentire cattiva e la solitudine era il prezzo della mia cattiveria. All'inizio facevo anche dei tentativi per provare a essere come lei, ma erano tentativi maldestri che naufragavano sempre. Più mi sforzavo, più mi sentivo a disagio. La rinuncia di sé conduce al disprezzo. Dal disprezzo alla rabbia il passo è breve. Quando capii che l'amore di mia madre era un fatto legato alla sola apparenza, a come dovevo essere e non a com'ero davvero, nel segreto della mia stanza e in quello del mio cuore cominciai a odiarla.

Per sfuggire a questo sentimento mi rifugiai in un mondo tutto mio. La sera, nel letto, coprendo il lume con uno straccio leggevo libri di avventura fino a ore piccole. Mi piaceva molto fantasticare. Per un periodo ho sognato di fare la piratessa, vivevo nel mare della Cina ed ero una piratessa molto particolare, perché rubavo non per me stessa ma per dare tutto ai poveri. Dalle fantasie banditesche passavo a quelle filantropiche, pensavo che dopo una laurea in medicina, sarei andata in Africa a curare i negretti. A quattordici anni ho letto la biografia di Schliemann e leggendola ho capito che mai e poi mai avrei potuto curare le persone perché la mia unica vera passione era l'archeologia. Di tutte le altre infinite attività che ho immaginato di intraprendere credo che questa fosse la sola davvero mia.

E infatti, per realizzare questo sogno, ho combat-

tuto la prima e unica battaglia con mio padre: quella
per andare al liceo classico. Non ne voleva sentire parlare, diceva che non serviva a niente, che, se proprio
volevo studiare, era meglio che imparassi le lingue. Alla
fine, però, la spuntai. Nel momento in cui varcai il por-
tone del ginnasio, ero assolutamente certa di aver vinto. Mi illudevo. Quando alla fine degli studi superiori
gli comunicai la mia intenzione di fare l'università a
Roma, la sua risposta fu perentoria: «Non se ne parla
neanche». E io, come si usava allora, obbedii senza
neanche fiatare. Non bisogna credere che aver vinto
una battaglia significhi aver vinto la guerra. È un errore di giovinezza. Ripensandoci adesso, penso che se
avessi lottato ancora, se mi fossi impuntata, alla fine
mio padre avrebbe ceduto. Quel suo rifiuto categorico
faceva parte del sistema educativo di quei tempi. In
fondo non si credevano i giovani capaci di decisioni
proprie. Di conseguenza, quando manifestavano qualche volontà diversa, si cercava di metterli alla prova.
Visto che avevo capitolato al primo scoglio, per loro era
stato più che evidente che non si trattava di una vera
vocazione ma di un desiderio passeggero.

Per mio padre, come per mia madre, i figli prima
di ogni altra cosa erano un dovere mondano. Tanto tra-
scuravano il nostro sviluppo interiore, altrettanto trat-
tavano con rigidità estrema gli aspetti più banali dell'e-
ducazione. Dovevo sedermi dritta a tavola con i gomiti
vicino al corpo. Se, nel farlo, dentro di me pensavo soltanto al modo migliore per darmi la morte, non aveva
nessuna importanza. L'apparenza era tutto, al di là di
essa esistevano soltanto cose sconvenienti.

Così sono cresciuta con il senso di essere qualcosa
di simile a una scimmia da addestrare bene e non un
essere umano, una persona con le sue gioie, i suoi scora-

menti, il suo bisogno di essere amata. Da questo disagio molto presto è nata dentro di me una grande solitudine, una solitudine che con gli anni è diventata enorme, una specie di vuoto pneumatico in cui mi muovevo con i gesti lenti e goffi di un palombaro. La solitudine nasceva anche dalle domande, da domande che mi ponevo e alle quali non sapevo rispondere. Già a quattro, cinque anni mi guardavo intorno e mi chiedevo: «Perché mi trovo qui? Da dove vengo io, da dove vengono tutte le cose che vedo intorno a me, cosa c'è dietro, sono sempre state qui anche se io non c'ero, ci saranno per sempre?» Mi facevo tutte le domande che si fanno i bambini sensibili quando s'affacciano alla complessità del mondo. Ero convinta che anche i grandi se le facessero, che fossero capaci di rispondere, invece dopo due o tre tentativi con mia madre e la tata ho intuito non solo che non sapevano rispondere, ma che non se le erano neanche mai poste.

Così si è accresciuto il senso di solitudine, capisci, ero costretta a risolvere ogni enigma con le mie sole forze, più passava il tempo, più mi interrogavo su ogni cosa, erano domande sempre più grandi, sempre più terribili, al solo pensarle facevano spavento.

Il primo incontro con la morte l'ho avuto verso i sei anni. Mio padre possedeva un cane da caccia, Argo; aveva un temperamento mite e affettuoso ed era il mio compagno di giochi preferito. Per pomeriggi interi lo imboccavo con pappine di fango e di erbe, oppure lo costringevo a fare la cliente della parrucchiera, e lui senza ribellarsi girava per il giardino con le orecchie ornate di forcine. Un giorno, però, proprio mentre gli provavo un nuovo tipo di acconciatura, mi sono accorta che sotto la gola c'era qualcosa di gonfio. Già da alcune settimane non aveva più voglia di correre e di saltare come una volta, se mi mettevo in un angolo a mangiare la merenda, non si piazzava più davanti a sospirare speranzoso.

Una mattina, al ritorno da scuola, non lo trovai ad attendermi al cancello. In principio pensai che fosse andato da qualche parte con mio padre. Ma quando vidi mio padre tranquillamente seduto nello studio e senza Argo ai suoi piedi, mi nacque dentro una grande agitazione. Uscii e urlando a squarciagola lo chiamai per tutto il giardino, tornata dentro per due o tre volte esplorai la casa da cima a fondo. La sera, al momento di dare ai miei genitori il bacio obbligatorio della buonanotte, raccogliendo tutto il mio coraggio chiesi a mio padre: «Dov'è Argo?» «Argo», rispose lui senza distogliere lo sguardo dal giornale, «Argo è andato via.» «E perché?» domandai io. «Perché era stufo dei tuoi dispetti.»

Indelicatezza? Superficialità? Sadismo? Cosa c'era in quella risposta? Nell'istante preciso in cui sentii quelle parole, qualcosa dentro di me si ruppe. Cominciai a non dormire più la notte, di giorno bastava un nonnulla per farmi scoppiare in singhiozzi. Dopo un mese o due venne convocato il pediatra. «La bambina è esaurita», disse, e mi somministrò dell'olio di fegato di merluzzo. Perché non dormivo, perché andavo sempre in giro portandomi dietro la pallina smangiucchiata di Argo, nessuno me l'ha mai chiesto.

È a quell'episodio che faccio risalire il mio ingresso nell'età adulta. A sei anni? Sì, proprio a sei anni. Argo se ne era andato perché io ero stata cattiva, il mio comportamento dunque influiva su ciò che stava intorno. Influiva facendo scomparire, distruggendo.

Da quel momento in poi le mie azioni non sono state più neutre, fini a se stesse. Nel terrore di fare qualche altro sbaglio le ho ridotte via via al minimo, sono diventata apatica, esitante. La notte stringevo la pallina tra le mani e piangendo dicevo: «Argo, ti prego, torna, anche se ho sbagliato ti voglio più bene di tutti». Quando mio padre portò a casa un altro cucciolo, non volli nemmeno guardarlo. Per me era, e doveva rimanere, un perfetto estraneo.

Nell'educazione dei bambini imperava l'ipocrisia. Ricordo benissimo che una volta, passeggiando con mio padre vicino a una siepe, avevo trovato un pettirosso stecchito. Senza alcun timore l'avevo preso in mano e glielo avevo mostrato. «Mettilo giù», aveva subito gridato lui, «non vedi che dorme?» La morte, come l'amore, era un argomento che non andava affrontato. Non sarebbe stato mille volte meglio se mi avessero detto che Argo era morto? Mio padre avrebbe potuto prendermi in braccio e dirmi: «L'ho ucciso io perché era malato e soffriva troppo. Dove sta adesso è molto più felice». Avrei certo pianto di più, mi sarei disperata, per mesi e mesi sarei andata nel luogo in cui era sepolto, attraverso la terra gli avrei parlato a lungo. Poi, piano piano, avrei cominciato a dimenticarlo, altre cose mi sarebbero interessate, avrei avuto altre passioni e Argo sarebbe scivolato in fondo ai miei pensieri come un ricordo, un bel ricordo della mia infanzia. In questo modo, invece, Argo è diventato un piccolo morto che mi porto dentro.

Perciò dico che a sei anni ero grande, perché al posto della gioia ormai avevo l'ansia, a quello della curiosità, l'indifferenza. Erano dei mostri mio padre e mia madre? No, assolutamente, per quei tempi erano delle persone assolutamente normali.

Soltanto da vecchia mia madre ha cominciato a raccontarmi qualcosa della sua infanzia. Sua madre era morta quando lei era ancora bambina, prima di lei aveva avuto un maschio stroncato a tre anni da una polmonite. Lei era stata concepita subito dopo e aveva avuto la sventura di nascere non solo femmina, ma anche il giorno stesso in cui il fratello era morto. Per ricordare questa triste coincidenza, fin da lattante era stata vestita con i colori del lutto. Sulla sua culla troneggiava un grande ritratto a olio del fratello. Serviva a farle presente, ogni volta che apriva gli occhi, di essere solo un rimpiazzo, una copia sbiadita di qualcuno migliore. Capisci? Come incolparla allora della sua freddezza, delle sue scelte sbagliate, del suo essere lontana da tutto? Persino le scimmie, se vengono allevate in un laboratorio asettico invece che dalla vera madre, dopo un poco diventano tristi e si lasciano morire. E se risalissimo ancora più su, a vedere sua madre o la madre di sua madre, chissà cos'altro troveremmo.

L'infelicità abitualmente segue la linea femminile. Come certe anomalie genetiche, passa di madre in figlia. Passando, invece di smorzarsi, diviene via via più intensa, più inestirpabile e profonda. Per gli uomini quella volta era molto diverso, avevano la professione, la politica, la guerra; la loro energia poteva andare fuori, espandersi. Noi no. Noi per generazioni e generazioni, abbiamo frequentato soltanto la stanza da letto, la cucina, il bagno; abbiamo compiuto migliaia e migliaia di passi, di gesti, portandoci dietro lo stesso rancore, la stessa insoddisfazione. Sono diventata femminista? No, non temere, cerco soltanto di guardare con lucidità ciò che sta dietro.

Ti ricordi quando la notte di ferragosto andavamo sul promontorio a guardare i fuochi d'artificio che sparavano dal mare? Tra tutti, ogni tanto ce n'era uno che pur esplodendo non riusciva a raggiungere il cielo. Ecco, quando penso alla vita di mia madre, a quella di mia nonna, quando penso a tante vite di persone che conosco, mi viene in mente proprio quest'immagine – fuochi che implodono invece di salire in alto.

21 novembre

Da qualche parte ho letto che Manzoni, mentre scriveva *I promessi sposi*, si alzava ogni mattina contento di ritrovare tutti i suoi personaggi. Non posso dire altrettanto di me. Anche se sono passati tanti anni non mi fa nessun piacere parlare della mia famiglia, mia madre è rimasta nella mia memoria immobile e ostile come un giannizzero. Questa mattina, per cercare di mettere un po' di aria tra me e lei, tra me e i ricordi, sono andata a fare una passeggiata in giardino. Durante la notte era caduta la pioggia, verso occidente il cielo era chiaro mentre alle spalle della casa incombevano ancora delle nubi viola. Prima che cominciasse un altro scroscio sono tornata dentro. In breve è sopraggiunto un temporale, in casa era così buio che ho dovuto accendere le luci. Ho staccato la televisione e il frigorifero per non farli danneggiare dai fulmini, poi ho preso la torcia, l'ho messa in tasca e sono venuta in cucina per adempiere al nostro incontro quotidiano.

Appena mi sono seduta però, mi sono resa conto di non essere ancora pronta, forse nell'aria c'era troppa elettricità, i miei pensieri andavano qua e là come fossero scintille. Allora mi sono alzata e con l'impavido Buck dietro ho girato un po' per la casa senza una meta precisa. Sono andata nella camera dove dormivo con il nonno, poi nella mia di adesso – che una volta era di tua madre –, poi nella stanza da pranzo in disuso da tempo, e infine nella tua. Passando da una all'altra mi sono ricordata dell'effetto che mi aveva fatto la casa la prima volta in cui vi ero entrata: non mi era piaciuta affatto. Non ero io ad averla scelta ma mio marito Augusto e anche lui l'aveva scelta in fretta. Avevamo bisogno di un posto dove stare e non si poteva aspettare oltre. Essendo abbastanza grande e avendo il giardino, gli era parso che questa soddisfacesse tutte le nostre esigenze. Dall'istante in cui avevamo aperto il cancello mi era parsa subito di cattivo gusto, anzi di gusto pessimo; nei colori e nelle forme non c'era una sola parte che si accordasse con l'altra. Se la guardavi da un lato sembrava uno chalet svizzero, dall'altro, con il suo grande oblò centrale e la facciata del tetto a gradini, poteva essere una di quelle case olandesi che si affacciano sui canali. Se la guardavi da lontano con i suoi sette camini di forma diversa capivi che l'unico luogo in cui poteva esistere era una fiaba. Era stata costruita negli anni Venti ma non c'era un solo particolare che la potesse classificare come una casa di quell'epoca. Il fatto che non avesse un'identità mi inquietava, ho impiegato tanti anni per abituarmi all'idea che fosse mia, che l'esistenza della mia famiglia coincidesse con le sue pareti.

Proprio mentre stavo in camera tua un fulmine caduto più vicino degli altri ha fatto saltare la luce. Invece di accendere la torcia mi sono distesa sul letto. Fuori c'era lo scroscio della pioggia forte, le sferzate del vento, dentro c'erano suoni diversi, scricchiolii, piccoli tonfi, i rumori del legno che si assesta. Con gli occhi chiusi per un attimo la casa mi è parsa una nave, un grande veliero che avanzava sul prato. La tempesta si è calmata soltanto verso l'ora di pranzo, dalla finestra della tua stanza ho visto che dal noce erano caduti due grossi rami.

Adesso sono di nuovo in cucina, nel mio luogo di battaglia, ho mangiato e lavato i pochi piatti che avevo sporcato. Buck dorme ai miei piedi prostrato dalle emozioni di questa mattina. Più passano gli anni, più i temporali lo gettano in uno stato di terrore da cui stenta a riprendersi.

Nei libri che avevo comprato quando tu andavi all'asilo, a un certo punto avevo trovato scritto che la scelta della famiglia nella quale ci si trova a nascere è guidata dal ciclo delle vite. Si hanno quel padre e quella madre perché soltanto quel padre e quella madre ci permetteranno di capire qualcosa in più, di avanzare di un piccolo, piccolissimo passo. Ma se è così, mi ero chiesta allora, perché per tante generazioni si resta fermi? Perché invece di procedere si torna indietro?

Di recente, sul supplemento scientifico di un giornale, ho letto che forse l'evoluzione non funziona come abbiamo sempre pensato funzionasse. I cambiamenti, secondo le ultime teorie, non avvengono in modo graduale. La zampa più lunga, il becco di forma diversa per sfruttare un'altra risorsa, non si formano piano piano, millimetro dopo millimetro, generazione dopo generazione. No, compaiono all'improvviso: dalla madre al figlio tutto cambia, tutto è diverso. A confermarlo ci sono i resti degli scheletri, mandibole, zoccoli, crani con denti diversi. Di tante specie non sono mai state trovate forme intermedie. Il nonno è così e il nipote è colà, tra una generazione e l'altra è avvenuto un salto. Se fosse così anche per la vita interiore delle persone?

I cambiamenti si accumulano in sordina, piano piano e poi a un certo punto esplodono. Tutt'a un tratto una persona rompe il cerchio, decide di essere diversa. Destino, ereditarietà, educazione, dove comincia una cosa, dove finisce l'altra? Se ti fermi anche un solo istante a riflettere vieni colta quasi subito dallo sgomento per il grande mistero racchiuso in tutto questo.

Poco prima che mi sposassi, la sorella di mio padre – l'amica degli spiriti – mi aveva fatto fare un oroscopo da un suo amico astrologo. Un giorno mi è capitata davanti con un foglio in mano e mi ha detto: «Ecco, questo è il tuo futuro». C'era un disegno geometrico su quel foglio, le linee che univano il segno di un pianeta all'altro formavano molti angoli. Appena l'ho visto ricordo di aver pensato, non c'è armonia qua dentro, non c'è continuità, ma un susseguirsi di salti, di svolte così brusche da sembrare cadute. Dietro l'astrologo aveva scritto: «Un cammino difficile, dovrai armarti di tutte le virtù per compierlo fino in fondo».

Ero rimasta fortemente colpita, la mia vita, fino a quel momento mi era sembrata molto banale, c'erano state sì delle difficoltà ma mi erano parse difficoltà da nulla, più che baratri erano semplici increspature della giovinezza. Anche quando poi sono diventata adulta, moglie e madre, vedova e nonna, non mi sono mai scostata da questa apparente normalità. L'unico evento straordinario, se così si può dire, è stata la tragica scomparsa di tua madre. Eppure a guardar bene, in fondo, quel quadro delle stelle non mentiva, dietro la superficie solida e lineare, dietro il mio tran tran quotidiano di donna borghese, in realtà c'era un movimento continuo, fatto di piccole ascese, di lacerazioni, di oscurità improvvise e precipizi profondissimi. Mentre vivevo, spesso la disperazione prendeva il sopravvento, mi sentivo come quei soldati che marciano battendo il passo, fermi nello stesso posto. Cambiavano i tempi, cambiavano le persone, tutto cambiava intorno a me e io avevo l'impressione di restare sempre ferma.

Alla monotonia di questa marcia, la morte di tua madre ha dato il colpo di grazia. L'idea già modesta che avevo di me crollò in un solo istante. Se fino a ora, mi dicevo, ho mosso un passo o due, adesso all'improvviso sono retrocessa, nel mio cammino ho raggiunto il punto più basso. In quei giorni ho temuto di non farcela più, mi sembrava che quella minima parte di cose che avevo compreso fino ad allora fosse stata cancellata in un colpo solo. Per fortuna non ho potuto abbandonarmi a lungo a questo stato depressivo, la vita con le sue esigenze continuava ad andare avanti.

La vita eri tu: sei arrivata piccola, indifesa, senza nessun altro al mondo, hai invaso questa casa silenziosa e triste delle tue risate improvvise, dei tuoi pianti. Nel vedere la tua testona di bambina oscillare tra la tavola e il divano ricordo di aver pensato che non tutto poi era finito. Il caso, nella sua imprevedibile generosità, mi aveva dato ancora una possibilità.

Il Caso. Una volta il marito della signora Morpurgo mi ha detto che in ebraico questa parola non esiste. Per indicare qualcosa di relativo alla casualità sono costretti a usare la parola azzardo che è araba. È buffo, non ti pare? È buffo ma anche rassicurante: dove c'è Dio non c'è posto per il caso, neppure per l'umile vocabolo che lo rappresenta. Tutto è ordinato, regolato dall'alto, ogni cosa che ti accade, ti accade perché ha un senso. Ho sempre provato una grande invidia per quelli che abbracciano questa visione del mondo senza esitazioni, per la loro scelta di levità. Per quel che mi riguarda con tutta la buona volontà non sono mai riuscita a farla mia per più di due giorni consecutivi: davanti all'orrore, davanti all'ingiustizia ho sempre indietreggiato, invece di giustificarli con gratitudine mi è sempre nato dentro un gran senso di rivolta.

Adesso comunque mi appresto a compiere un'azione davvero azzardata come quella di mandarti un bacio. Quanto li detesti, eh? Rimbalzano sulla tua corazza come palle da tennis. Ma non ha nessuna importanza, che ti piaccia o no un bacio te lo mando lo stesso, non puoi farci niente perché in questo momento, trasparente e leggero, sta già volando sopra l'oceano.

Sono stanca. Ho riletto quello che ho scritto fino a qui con una certa ansia. Capirai qualcosa? Tante cose si affollano nella mia testa, per uscire si spingono una con l'altra come le signore davanti ai saldi di stagione. Quando ragiono non riesco mai ad avere un metodo, un filo che con senso logico si dipani dall'inizio alla fine. Chissà, alle volte penso che sia perchè non sono mai andata all'università. Ho letto tanti libri, sono stata curiosa di molte cose, ma sempre con un pensiero ai pannolini, un altro ai fornelli, un terzo ai sentimenti. Se un botanico passeggia per un prato sceglie i fiori con un ordine preciso, sa quello che gli interessa e quello che non gli interessa affatto; decide, scarta, stabilisce relazioni. Ma se per il prato passeggia un gitante, i fiori vengono scelti in modo diverso, uno perché è giallo, l'altro perché azzurro, un terzo perché è profumato, il quarto perché sta sul bordo del sentiero. Credo che il mio rapporto con il sapere sia stato proprio così. Tua madre me lo rimproverava sempre. Quando ci trovavamo a discutere io soccombevo quasi subito. «Non hai dialettica», mi diceva. «Come tutte le persone borghesi non sai difendere seriamente ciò che pensi.»

Tanto tu sei pervasa da un'inquietudine selvatica e

priva di nome, altrettanto tua madre era pervasa dall'ideologia. Per lei il fatto che parlassi di cose piccole anziché grandi era fonte di riprovazione. Mi chiamava reazionaria e malata di fantasie borghesi. Secondo il suo punto di vista io ero ricca e, in quanto tale, dedita al superfluo, al lusso, naturalmente incline al male.

Da come mi guardava certe volte ero sicura che se ci fosse stato un tribunale del popolo, e lei ne fosse stata a capo, mi avrebbe condannato a morte. Avevo il torto di vivere in una villetta con il giardino invece che in una baracca o in un appartamento di periferia. A quel torto s'aggiungeva il fatto che avevo avuto in eredità una piccola rendita che permetteva a entrambe di vivere. Per non fare gli errori che avevano fatto i miei genitori, mi interessavo a quello che diceva o perlomeno mi sforzavo a farlo. Non l'ho mai derisa né mai le ho fatto capire quanto fossi estranea a qualsiasi idea totalizzante, ma lei doveva percepire ugualmente la mia diffidenza verso le sue frasi fatte.

Ilaria frequentò l'università a Padova. Avrebbe potuto benissimo farla a Trieste, ma era troppo insofferente per continuare a vivermi accanto. Ogni volta che le proponevo di andarla a trovare mi rispondeva con un silenzio carico di ostilità. I suoi studi andavano molto a rilento, non sapevo con chi divideva la casa, non aveva mai voluto dirmelo. Conoscendo la sua fragilità ero preoccupata. C'era stato il maggio francese, le università occupate, il movimento studentesco. Ascoltando i suoi rari resoconti al telefono, mi rendevo conto che non riuscivo più a seguirla, era sempre infervorata per qualcosa e questo qualcosa cambiava di continuo. Ubbidiente al mio ruolo di madre cercavo di capirla, ma era molto difficile: tutto era convulso, sfuggente, c'erano troppe idee nuove, troppi concetti assoluti. Invece di parlare con frasi proprie Ilaria infilava uno slogan dietro l'altro. Avevo paura per il suo equilibrio psichico: il sentirsi partecipe di un gruppo con il quale divideva le stesse certezze, gli stessi dogmi assoluti, rafforzava in modo preoccupante la sua naturale tendenza all'arroganza.

Al suo sesto anno di università, preoccupata da un silenzio più lungo degli altri, presi il treno e andai a trovarla. Da quando stava a Padova non l'avevo mai fatto. Appena aprì la porta restò esterrefatta. Invece di salutarmi mi aggredì: «Chi ti ha invitata?» e senza neanche darmi il tempo di rispondere aggiunse: «Avresti dovuto avvertirmi, stavo proprio uscendo. Stamattina ho un esame importante». Indossava ancora la camicia da notte, era evidente che si trattava di una bugia. Finsi di non accorgermene, dissi: «Pazienza, vuol dire che ti aspetterò e poi festeggeremo il risultato assieme». Di lì a poco uscì davvero, con una tale fretta che lasciò i libri sul tavolo.

Rimasta sola a casa feci quello che avrebbe fatto qualsiasi altra madre, mi misi a curiosare tra i cassetti, cercavo un segno, qualcosa che mi aiutasse a capire che direzione aveva preso la sua vita. Non avevo intenzionale di spiarla, di compiere opere di censura o inquisizione, queste cose non hanno mai fatto parte del mio carattere. C'era solo una grande ansia in me e per placarla avevo bisogno di qualche punto di contatto. A parte volantini e opuscoli di propaganda rivoluzionaria, per le mani non mi capitò altro, non una lettera, non un diario. Su una parete della sua stanza da letto c'era un manifesto con sopra scritto «La famiglia è ariosa e stimolante come una camera a gas». A suo modo quello era un indizio.

Ilaria rientrò nel primo pomeriggio, aveva la stessa

aria trafelata con la quale era uscita. «Come è andato l'esame?» le domandai con il tono più affettuoso possibile. Sollevò le spalle. «Come tutti gli altri», e dopo una pausa aggiunse, «sei venuta per questo, per controllarmi?» Volevo evitare lo scontro, così con tono quieto e disponibile le risposi che avevo un solo desiderio ed era quello di parlare un po' assieme.

«Parlare?» ripeté incredula. «E di cosa? Delle tue passioni mistiche?»

«Di te, Ilaria», dissi allora piano, cercando di incontrare i suoi occhi. Si avvicinò alla finestra, teneva lo sguardo fisso su un salice un po' spento: «Non ho niente da raccontare, non a te almeno. Non voglio perdere tempo in chiacchiere intimiste e piccolo borghesi». Poi spostò gli occhi dal salice all'orologio da polso e disse: «È tardi, ho una riunione importante. Te ne devi andare». Non le ubbidii, mi alzai ma invece di uscire la raggiunsi, presi le sue mani tra le mie. «Cosa succede?» le domandai, «cosa ti fa soffrire?» Sentivo il suo respiro farsi più svelto. «Vederti in questo stato mi fa male al cuore», aggiunsi. «Anche se mi rifiuti come madre io non ti rifiuto come figlia. Vorrei aiutarti, se tu non mi vieni incontro non posso farlo.» A quel punto il mento cominciò a tremarle come faceva da bambina quando stava per piangere, strappò le sue mani dalle mie e si voltò di scatto verso l'angolo. Il suo corpo magro e contratto era scosso da singhiozzi profondi. Le accarezzai i capelli, tanto le sue mani erano ghiacciate altrettanto la sua testa era bollente. Si girò di scatto, mi abbracciò, con il viso nascosto sulla mia spalla. «Mamma, disse, io... io...»

In quel preciso istante squillò il telefono.

«Lascialo suonare», le bisbigliai in un orecchio.

«Non posso», mi rispose asciugandosi gli occhi.

Quando sollevò il ricevitore la sua voce era nuovamente metallica, estranea. Dal breve dialogo capii che doveva essere successo qualcosa di grave. Infatti subito dopo mi disse: «Mi dispiace, adesso te ne devi proprio andare». Uscimmo assieme, sulla porta si abbandonò a un abbraccio rapidissimo e colpevole. «Nessuno mi può aiutare», bisbigliò mentre mi stringeva. La accompagnai alla sua bicicletta legata a un palo poco distante. Era già in sella quando infilando due dita sotto la mia collana disse: «Le perle, eh, sono il tuo lasciapassare. Da quando sei nata non hai mai avuto il coraggio di fare un passo senza!»

A tanti anni di distanza questo è l'episodio della vita con tua madre che mi torna con più frequenza in mente. Ci penso spesso. Com'è possibile, mi dico, che di tutte le cose vissute assieme, nei miei ricordi compaia per prima sempre questa? Proprio oggi, mentre me lo domandavo per l'ennesima volta, dentro di me è risuonato un proverbio «La lingua batte dove il dente duole». Cosa mai c'entra, ti chiederai. C'entra, c'entra moltissimo. Quell'episodio torna spesso tra i miei pensieri perché è l'unico in cui ho avuto la possibilità di mettere in atto un cambiamento. Tua madre era scoppiata a piangere, mi aveva abbracciata: in quel momento nella sua corazza si era aperto uno spiraglio, una fessura minima nella quale io avrei potuto entrare. Una volta dentro avrei potuto fare come quei chiodi che si allargano non appena entrano nel muro: a poco a poco si dilatano guadagnando un po' più di spazio. Mi sarei trasformata in un punto fermo nella sua vita. Per farlo avrei dovuto avere polso. Quando lei mi ha detto «devi proprio andartene» sarei dovuta rimanere. Avrei dovuto prendere una camera in un albergo lì vicino e tornare ogni giorno a bussare alla sua porta; insistere fino a trasformare quello spiraglio in un varco. Mancava pochissimo, lo sentivo.

Invece non l'ho fatto: per vigliaccheria, pigrizia e falso senso del pudore ho obbedito al suo ordine. Avevo detestato l'invadenza di mia madre, volevo essere una madre diversa, rispettare la libertà della sua vita. Dietro la maschera della libertà spesso si nasconde la noncuranza, il desiderio di non essere coinvolti. C'è un confine sottilissimo, passarlo o non passarlo è questione di un attimo, di una decisione che si prende o non si prende; della sua importanza ti rendi conto soltanto quando l'attimo è trascorso. Solo allora ti penti, solo allora comprendi che in quel momento non ci doveva essere libertà ma intrusione: eri presente, avevi coscienza, da questa coscienza doveva nascere l'obbligo ad agire. L'amore non si addice ai pigri, per esistere nella sua pienezza alle volte richiede gesti precisi e forti. Capisci? Avevo mascherato la mia vigliaccheria e la mia indolenza con l'abito nobile della libertà.

L'idea del destino è un pensiero che viene con l'età. Quando si hanno i tuoi anni generalmente non ci si pensa, ogni cosa che accade la si vede come frutto della propria volontà. Ti senti come un operaio che, pietra dopo pietra, costruisce davanti a sé la strada che dovrà percorrere. Soltanto molto più in là ti accorgi che la strada è già fatta, qualcun altro l'ha tracciata per te, e a te non resta che andare avanti. È una scoperta che di solito si fa verso i quarant'anni, allora cominci a intuire che le cose non dipendono da te soltanto. È un momento pericoloso, durante il quale non è raro scivolare in un fatalismo claustrofobico. Per vedere il destino in tutta la sua realtà devi lasciar passare ancora un po' di anni. Verso i sessanta, quando la strada alle tue spalle è più lunga di quella che hai davanti, vedi una cosa che non avevi mai visto prima: la via che hai percorso non era dritta ma piena di bivi, ad ogni passo c'era una freccia che indicava una direzione diversa; da lì si dipartiva un viottolo, da là una stradina erbosa che si perdeva nei boschi. Qualcuna di queste deviazioni l'hai imboccata senza accorgertene, qualcun'altra non l'avevi neanche vista; quelle che hai trascurato non sai dove ti avrebbero condotto, se in un posto migliore o peggiore; non lo sai ma ugualmente provi rimpianto. Potevi fare una cosa e non l'hai fatta, sei tornata indietro invece di andare avanti. Il gioco dell'oca, te lo ricordi? La vita procede pressappoco allo stesso modo.

Lungo i bivi della tua strada incontri le altre vite, conoscerle o non conoscerle, viverle a fondo o lasciarle perdere dipende soltanto dalla scelta che fai in un attimo; anche se non lo sai, tra proseguire dritto o deviare spesso si gioca la tua esistenza, quella di chi ti sta vicino.

## 22 novembre

Questa notte il tempo è cambiato, da est è sceso il vento, in poche ore ha spazzato via tutte le nubi. Prima di mettermi a scrivere ho fatto una passeggiata in giardino. La bora soffiava ancora forte, si infilava sotto i vestiti. Buck era euforico, voleva giocare, con una pigna in bocca mi trotterellava accanto. Con le mie poche forze sono riuscita a lanciargliela soltanto una volta, ha fatto un volo brevissimo ma lui era contento lo stesso. Dopo aver controllato le condizioni di salute della tua rosa sono andata a salutare il noce il ciliegio, i miei alberi preferiti.

Ti ricordi come mi prendevi in giro quando mi vedevi ferma ad accarezzare i tronchi? «Cosa fai?» mi dicevi, «non è mica il dorso di un cavallo.» Quando poi ti facevo notare che toccare un albero non è per niente diverso dal toccare un qualsiasi altro essere vivente, anzi è persino meglio, scrollavi le spalle e te ne andavi via irritata. Perché è meglio? Perché se gratto la testa di Buck, ad esempio, sento sì qualcosa di caldo, di vibrante, ma in questo qualcosa c'è sempre sotto una sottile agitazione. È l'ora della pappa, che è troppo vicina o troppo lontana, è la nostalgia di te oppure anche soltanto il ricordo di un brutto sogno. Capisci? Nel cane, come nell'uomo, ci sono troppi pensieri, troppe esigenze.

Il raggiungimento della quiete e della felicità non dipende mai da lui soltanto.

Nell'albero invece è diverso. Da quando spunta a quando muore, sta fermo sempre nello stesso posto. Con le radici è vicino al cuore della terra più di qualunque altra cosa, con la sua chioma è il più vicino al cielo. La linfa scorre al suo interno dall'alto al basso, dal basso all'alto. Si espande e si ritrae secondo la luce del giorno. Aspetta la pioggia, aspetta il sole, aspetta una stagione e poi l'altra, aspetta la morte. Nessuna delle cose che gli consentono di vivere dipende dalla sua volontà. Esiste e basta. Capisci adesso perché è bello accarezzarli? Per la saldezza, per il loro respiro così lungo, pacato, così profondo. In qualche punto della Bibbia c'è scritto che Dio ha narici larghe. Anche se è un po' irriverente, tutte le volte che ho cercato di immaginare una sembianza per l'Essere Divino mi è venuta in mente la forma di una quercia.

Nella casa della mia infanzia ce n'era una, era così grande che ci volevano due persone per abbracciarne il tronco. Già a quattro o cinque anni, mi piaceva andarla a trovare. Stavo lì, sentivo l'umidità dell'erba sotto il mio sedere, il vento fresco tra i capelli e sul viso. Respiravo e sapevo che c'era un ordine superiore delle cose e che in quell'ordine ero compresa assieme a tutto ciò che vedevo. Anche se non conoscevo la musica, qualcosa mi cantava dentro. Non saprei dirti che tipo di melodia fosse, non c'era un ritornello preciso né un'aria. Piuttosto era come se un mantice soffiasse con ritmo regolare e potente nella zona vicina al mio cuore e questo soffio, espandendosi dentro tutto il corpo e nella mente, producesse una gran luce, una luce con una doppia natura: quella sua, di luce, e quella di musica. Ero felice di esistere e oltre questa felicità per me non c'era altro.

Ti potrà sembrare strano o eccessivo che un bambino intuisca qualcosa del genere. Purtroppo siamo abituati a considerare l'infanzia come un periodo di cecità, di mancanza, non come uno in cui c'è più ricchezza. Eppure basterebbe guardare con attenzione gli occhi di un neonato per rendersi conto che è proprio così. L'hai mai fatto? Prova quando te ne capita l'occasione. Togli i pregiudizi dalla mente e osservalo. Com'è il suo sguardo? Vuoto, inconsapevole? Oppure antico, lontanissimo, sapiente? I bambini hanno naturalmente in sé un respiro più grande, siamo noi adulti che l'abbiamo perso e non sappiamo accettarlo. A quattro, cinque anni io ancora non sapevo nulla della religione, di Dio, di tutti quei pasticci che hanno fatto gli uomini parlando di queste cose.

Sai, quando si è trattato di scegliere se farti seguire o meno le ore di religione a scuola sono stata a lungo indecisa sul da farsi. Da una parte ricordavo quanto era stato catastrofico il mio impatto con i dogmi, dall'altra ero assolutamente certa che nell'educazione, oltre che alla mente, bisognasse pensare anche allo spirito. La soluzione è venuta da sé, il giorno stesso in cui è morto il tuo primo criceto. Lo tenevi in mano e mi guardavi perplessa. «Dov'è adesso?» mi hai chiesto. Io ti ho risposto ripetendo la domanda: «Secondo te, dov'è adesso?» Ti ricordi cosa mi hai risposto? «Lui è in due posti. Un po' è qui, un po' tra le nuvole.» Il pomeriggio stesso l'abbiamo seppellito con un piccolo funerale. Inginocchiata davanti al piccolo tumulo hai detto la tua preghiera: «Sii felice Tony. Un giorno ci rivedremo».

Forse non te l'ho mai detto, ma i primi cinque anni di scuola li ho fatti dalle suore, all'istituto del Sacro

Cuore. Questo, credimi, non è stato un danno da poco per la mia mente già così ballerina. Nell'ingresso del collegio le suore tenevano allestito per tutta la durata dell'anno un grande presepio. C'era Gesù nella sua capanna con il padre, la madre, il bue e l'asinello e tutto intorno monti e dirupi di cartapesta popolati soltanto da un gregge di pecorelle. Ogni pecorella era una allieva e, a seconda del suo comportamento durante il giorno, veniva allontanata o avvicinata alla capanna di Gesù. Tutte le mattine prima di andare in classe passavamo lì davanti e passando eravamo costrette a guardare la nostra posizione. Dal lato opposto alla capanna c'era un burrone profondissimo ed era lì che stavano le più cattive, con due zampette già sospese nel vuoto. Dai sei ai dieci anni ho vissuto condizionata dai passi che faceva il mio agnellino. Ed è inutile che ti dica che non si è quasi mai mosso dal ciglio del dirupo.

Dentro di me, con tutta la volontà, cercavo di rispettare i comandamenti che mi erano stati insegnati. Lo facevo per quel naturale senso di conformismo che hanno i bambini, ma non soltanto per quello: ero davvero convinta che bisognasse essere buoni, non mentire, non essere vanitosi. Nonostante ciò ero sempre in procinto di cadere. Perché? Per cose da nulla. Quando in lacrime andavo dalla madre superiora a chiedere la ragione di quell'ennesimo spostamento, lei mi rispondeva: «Perché ieri in testa avevi un fiocco troppo grande... Perché uscendo da scuola una tua compagna ti ha sentito canticchiare... Perché non ti sei lavata le mani prima di andare a tavola». Capisci? Ancora una volta le mie colpe erano esteriori, uguali identiche a quelle che mi imputava mia madre. Ciò che veniva insegnato non era la coerenza ma il conformismo. Un giorno, arrivata al limite estremo del burrone, scoppiai in singhiozzi dicendo: «Ma io amo Gesù». Allora la suora che stava lì vicino sai cosa disse? «Ah, oltre che disordinata sei anche bugiarda. Se tu amassi davvero Gesù terresti i quaderni più in ordine.» E puffete, spingendo con l'indice fece precipitare la mia pecorella giù nel burrone.

In seguito a quell'episodio credo di non aver dormito per due mesi interi. Appena chiudevo gli occhi sentivo la stoffa del materasso sotto la schiena trasformarsi in fiamme e delle voci orrende ghignavano dentro di me dicendo: «Aspetta, adesso veniamo a prenderti». Naturalmente di tutto questo non ho raccontato mai niente ai miei genitori. Vedendomi gialla in volto e nervosa mia madre diceva: «La bambina ha l'esaurimento», e io senza fiatare ingoiavo cucchiai su cucchiai di sciroppo ricostituente.

Chissà quante persone sensibili e intelligenti si sono allontanate per sempre dalle questioni dello spirito grazie a episodi come questo. Tutte le volte che sento qualcuno dire com'erano belli gli anni di scuola e rimpiangerli resto interdetta. Per me quel periodo è stato uno dei più brutti della mia vita, anzi forse il più brutto in assoluto per il senso di impotenza che lo dominava. Per tutta la durata delle elementari sono stata combattuta ferocemente tra la volontà di restare fedele a ciò che sentivo dentro di me e il desiderio di aderire, sebbene lo intuissi come falso, a ciò che credevano gli altri.

È strano, ma rivivendo adesso le emozioni di quel tempo ho l'impressione che la mia grande crisi di crescita non sia avvenuta, come avviene sempre, nell'adolescenza, ma proprio in quegli anni di infanzia. A dodici, a tredici, a quattordici anni ero già in possesso di una mia triste stabilità. Le grandi domande metafisiche si erano piano piano allontanate per lasciare spazio a fantasie nuove e innocue. Andavo a messa la domenica e le feste comandate assieme a mia madre, mi inginocchiavo con aria compunta a prendere l'ostia, mentre lo facevo però pensavo ad altre cose; quella era soltanto una delle tante piccole recite che dovevo interpretare per vivere tranquilla. Per questo non ti ho iscritta all'ora di educazione religiosa né mai mi sono pentita di non averlo fatto. Quando, con la tua curiosità infantile, mi ponevi delle domande su quest'argomento, cercavo di risponderti in modo diretto e sereno, rispettando il mistero che c'è in ognuno di noi. E quando non mi hai più fatto domande, con discrezione ho smesso di parlartene. In queste cose non si può spingere o tirare, altrimenti succede la stessa cosa che succede con i venditori ambulanti. Più reclamizzano il loro prodotto, più si ha il sospetto che sia una truffa. Con te io ho cercato soltanto di non spegnere quello che già c'era. Per il resto ho atteso.

Non credere però che il mio cammino sia stato così semplice; anche se a quattro anni avevo intuito il respiro che avvolge le cose, a sette l'avevo già scordato. Nei primi tempi, è vero, sentivo ancora la musica, era in sottofondo ma c'era. Sembrava un torrente in una gola di montagna, se stavo ferma e attenta, dal ciglio del burrone riuscivo a percepire il suo rumore. Poi, il torrente si è trasformato in una vecchia radio, una radio che sta per rompersi. Un momento la melodia esplodeva troppo forte, il momento dopo non c'era per niente.

Mio padre e mia madre non perdevano occasione di rimproverarmi per la mia abitudine canterina. Una volta, durante un pranzo, ho addirittura preso uno schiaffo – il mio primo schiaffo – perché mi era scappato un «tralalà». «Non si canta a tavola», aveva tuonato mio padre. «Non si canta se non si è cantanti», aveva incalzato mia madre. Io piangevo e ripetevo tra le lacrime: «Ma a me mi canta dentro». Qualsiasi cosa si staccasse dal mondo concreto della materia, per i miei genitori era assolutamente incomprensibile. Com'era possibile allora che conservassi la mia musica? Avrei dovuto avere almeno il destino di un santo. Il mio destino, invece, era quello crudele della normalità.

Piano piano la musica è scomparsa e con lei il senso di gioia profonda che mi aveva accompagnata nei primi anni. La gioia, sai, è proprio questa la cosa che ho più rimpianto. In seguito, certo, sono stata anche felice, ma la felicità sta alla gioia come una lampada elettrica sta al sole. La felicità ha sempre un oggetto, si è felici di qualcosa, è un sentimento la cui esistenza dipende dall'esterno. La gioia invece non ha oggetto. Ti possiede senza alcuna ragione apparente, nel suo essere somiglia al sole, brucia grazie alla combustione del suo stesso cuore.

Nel corso degli anni ho abbandonato me stessa, la parte più profonda di me, per diventare un'altra persona, quella che i miei genitori si aspettavano che diventassi. Ho lasciato la mia personalità per acquistare un carattere. Il carattere, avrai modo di provarlo, è molto più apprezzato nel mondo di quanto lo sia la personalità.

Ma carattere e personalità, contrariamente a quanto si crede, non vanno assieme anzi, il più delle volte uno esclude perentoriamente l'altra. Mia madre, ad esempio, aveva un forte carattere, era sicura di ogni sua azione e non c'era niente, assolutamente niente, che potesse incrinare questa sua sicurezza. Io ero il suo esatto contrario. Nella vita di ogni giorno non c'era una sola cosa che mi provocasse trasporto. Davanti a ogni scelta tentennavo, indugiavo così a lungo che alla fine chi mi era accanto, spazientito, decideva per me.

Non credere che sia stato un processo naturale lasciare la personalità per fingere un carattere. Qualcosa in fondo a me continuava a ribellarsi, una parte desiderava continuare a essere me stessa mentre l'altra, per essere amata, voleva adeguarsi alle esigenze del mondo. Che dura battaglia! Detestavo mia madre, il suo modo di fare superficiale e vuoto. La detestavo, eppure lentamente e contro la mia volontà, stavo diventando proprio come lei. Questo è il ricatto grande e terribile dell'educazione, quello a cui è quasi impossibile sfuggire. Nessun bambino può vivere senza amore. È per questo che ci si adegua al modello richiesto, anche se non ti piace per niente, anche se non lo trovi giusto. L'effetto di questo meccanismo non scompare con l'età adulta. Appena sei madre riaffiora senza che tu te ne renda conto o lo voglia, plasma di nuovo le tue azioni. Così io quando è nata tua madre, ero assolutamente certa che mi sarei comportata in modo diverso. E in effetti così ho fatto, ma questa diversità era tutta di superficie, falsa. Per non imporre un modello a tua madre, così com'era stato imposto a me in anticipo sui tempi, l'ho sempre lasciata libera di scegliere, volevo che si sentisse approvata in tutte le sue azioni, non facevo altro che ripeterle: «Siamo due persone diverse e nella diversità dobbiamo rispettarci».

C'era un errore in tutto questo, un grave errore. E sai qual era? Era la mia mancanza di identità. Anche se ero ormai adulta, non ero sicura di niente. Non riuscivo ad amarmi, ad avere stima di me. Grazie alla sensibilità sottile e opportunista che caratterizza i bambini, tua madre l'ha percepito quasi subito: ha sentito che ero debole, fragile, facile da sopraffare. L'immagine che mi viene in mente, pensando al nostro rapporto, è quella di un albero e della sua pianta infestante. L'albe-

ro è più vecchio, più alto, sta lì da tempo e ha radici
più profonde. La pianta spunta ai suoi piedi in una sola
stagione, più che radici ha barbe, filamenti. Sotto ogni
filamento ha delle piccole ventose, è con quelle che si
arrampica su per il tronco. Trascorso un anno o due, è
già in cima alla chioma. Mentre il suo ospite perde le
foglie, lei resta verde. Continua a diffondersi, ad ab-
barbicarsi, lo copre interamente, il sole e l'acqua colpi-
scono lei soltanto. A questo punto l'albero inaridisce e
muore, resta lì sotto soltanto il tronco come misero sostegno per la pianta rampicante.

Dopo la sua tragica scomparsa, per diversi anni
non ho più pensato a lei. Alle volte mi rendevo conto
di averla dimenticata e mi accusavo di crudeltà. C'eri
tu da seguire, è vero, ma non credo fosse questo il vero
motivo, o forse lo era in parte. Il senso di sconfitta era
troppo grande per poterlo ammettere. Soltanto negli ultimi anni, quando tu hai cominciato ad allontanarti, a
cercare la tua strada, il pensiero di tua madre mi è tornato in mente, ha preso a ossessionarmi. Il rimorso più
grande è quello di non avere mai avuto il coraggio di
contrastarla, di non averle mai detto: «Hai torto mar-
cio, stai commettendo una sciocchezza». Sentivo che
nei suoi discorsi c'erano degli slogan pericolosissimi,
cose che, per il suo bene, avrei dovuto stroncare imme-
diatamente e tuttavia mi astenevo dall'intervenire. Non
c'entrava l'indolenza in questo. Le cose di cui si discu-
teva erano essenziali. A farmi agire – o meglio non agire – era l'atteggiamento insegnatomi da mia madre. Per
essere amata dovevo evitare lo scontro, fingere di essere quella che non ero. Ilaria era naturalmente prepotente, aveva più carattere e io temevo lo scontro aperto,
avevo paura di oppormi. Se l'avessi amata davvero,
avrei dovuto indignarmi, trattarla con durezza; avrei

dovuto costringerla a fare delle cose o a non farle affatto. Forse era proprio questo che lei voleva, ciò di cui aveva bisogno.

Chissà perché le verità elementari sono le più difficili da comprendere? Se io avessi capito allora che la prima qualità dell'amore è la forza, gli eventi probabilmente si sarebbero svolti in modo diverso. Ma per essere forti bisogna amare se stessi; per amare se stessi bisogna conoscersi in profondità, sapere tutto di sé, anche le cose più nascoste, le più difficili da accettare. Come si fa a compiere un processo del genere mentre la vita con il suo rumore ti trascina avanti? Lo può fare fin dall'inizio soltanto chi è toccato da doti straordinarie. Ai comuni mortali, alle persone come me, come tua madre, non resta altro che il destino dei rami e delle bottiglie di plastica. Qualcuno – o il vento – a un tratto ti butta nel corso di un fiume, grazie alla materia di cui sei fatto invece di andare a fondo galleggi; già questo ti sembra una vittoria e così, subito, cominci a correre; scivoli svelto nella direzione in cui ti porta la corrente; ogni tanto, per un nodo di radici o qualche sasso, sei costretto a una sosta; stai lì per un po' sbatacchiato dall'acqua poi l'acqua sale e ti liberi, vai ancora avanti; quando il corso è tranquillo stai sopra, quando ci sono le rapide vieni sommerso; non sai dove stai andando né mai te lo sei chiesto; nei tratti più quieti hai modo di vedere il paesaggio, gli argini, i cespugli; più che i dettagli, vedi le forme, il tipo di colore, vai troppo svelto per vedere altro; poi con il tempo e i chilometri, gli argini si abbassano, il fiume si allarga, ha ancora i bordi ma per poco. «Dove sto andando?» ti domandi allora e in quell'istante davanti a te si apre il mare.

Gran parte della mia vita è stata così. Più che nuotare ho annaspato. Con gesti insicuri e confusi, senza eleganza né gioia, sono riuscita soltanto a tenermi a galla.

Perché ti scrivo tutto questo? Cosa significano queste confessioni lunghe e troppo intime? A questo punto forse ti sarai stufata, sbuffando avrai sfogliato una pagina dopo l'altra. Dove vuole andare, ti sarai chiesta, dove mi porta? È vero, nel discorso divago, invece di prendere la via principale spesso e volentieri imbocco umili sentieri. Do l'impressione di essermi persa e forse non è un'impressione: mi sono persa davvero. Ma è questo il cammino che richiede quello che tu tanto cerchi, il centro.

Ti ricordi quando ti insegnavo a cucinare le crêpes? Quando le fai saltare in aria, ti dicevo, devi pensare a tutto tranne al fatto che devono ricadere dritte nella padella. Se ti concentri sul volo puoi stare certa che cadranno accartocciate, oppure si spiacceranno direttamente sul fornello. È buffo, ma è proprio la distrazione che fa giungere al centro delle cose, al loro cuore.

Invece del cuore adesso è il mio stomaco a prendere la parola. Brontola e ha ragione perché tra una crêpe e un viaggio lungo il fiume è venuta l'ora di cena. Adesso ti devo lasciare ma prima di lasciarti ti spedisco un altro odiato bacio.

29 novembre

Il vento di ieri ha fatto una vittima, l'ho trovata stamattina durante la solita passeggiata in giardino. Quasi
me l'avesse suggerito il mio angelo custode, invece di
fare come sempre la semplice circumnavigazione della
casa sono andata fino in fondo, lì dove una volta c'era
il pollaio e ora c'è il deposito del letame. Proprio mentre costeggiavo il muretto che ci separa dalla famiglia
di Walter ho scorto al suolo qualcosa di scuro. Poteva
essere una pigna ma non lo era perché, a intervalli piuttosto regolari, si muoveva. Ero uscita senza occhiali e,
soltanto quando gli sono stata proprio sopra mi sono
accorta che si trattava di una giovane merla. Per ac-
chiapparla ho quasi rischiato di rompermi il femore.
Appena stavo per raggiungerla, faceva un saltino in
avanti. Fossi stata più giovane, l'avrei presa in meno di
un secondo ma adesso sono troppo lenta per farlo. Alla
fine ho avuto un colpo di genio, mi sono tolta il fazzo-
letto dalla testa e gliel'ho lanciato sopra. Così avvolta
l'ho portata a casa e l'ho sistemata in una vecchia scatola da scarpe, all'interno ho messo dei vecchi stracci e
sul coperchio ho fatto dei buchi, uno dei quali abbastanza grande per far uscire il capo.

Mentre scrivo sta qui davanti a me sul tavolo, ancora non le ho dato da mangiare perché è troppo agita-

ta. A vederla agitata poi, mi agito a mia volta, il suo sguardo spaurito mi mette in imbarazzo. Se in questo momento scendesse una fatina, se comparisse accecandomi con il suo fulgore tra il frigorifero e la cucina economica, sai cosa le chiederei? Le chiederei l'Anello di Re Salomone, quel magico interprete che permette di parlare con tutti gli animali del mondo. Così potrei dire alla merla: «Non preoccuparti, cucciolotta mia, sono sì un essere umano ma animato dalle migliori intenzioni. Ti curerò, ti darò da mangiare e quando sarai di nuovo sana ti farò prendere il volo».

Ma veniamo a noi. Ieri ci siamo lasciate in cucina, con la mia prosaica parabola delle crêpe. Quasi di sicuro ti avrà irritata. Quando si è giovani, si pensa sempre che le cose grandi richiedano – per essere descritte – parole ancora più grandi, altisonanti. Poco prima di partire mi hai fatto trovare sotto il cuscino una lettera in cui cercavi di spiegarmi il tuo disagio. Adesso che sei lontana posso dirti che, a parte appunto il senso di disagio, di quella lettera non ho capito proprio niente. Tutto era così contorto, oscuro. Io sono una persona semplice, l'epoca a cui appartengo è diversa da quella a cui appartieni tu: se una cosa è bianca dico che è bianca, se è nera, nera. La risoluzione dei problemi viene dall'esperienza di tutti i giorni, dal guardare le cose come sono realmente e non come, secondo qualcun altro, dovrebbero essere. Il momento in cui si comincia a buttare via la zavorra, a eliminare ciò che non ci appartiene, che viene dall'esterno, si è già sulla buona strada. Tante volte ho l'impressione che le letture che fai, invece di aiutarti ti confondano, che lascino del nero intorno a te come fuggendo dietro di sé lo lasciano le seppie.

Prima di decidere della tua partenza mi avevi posto un'alternativa. O vado un anno all'estero, oppure co-

mincio ad andare da uno psicanalista. La mia reazione
era stata dura, ricordi? Puoi andare via anche tre anni,
ti ho detto, ma da uno psicanalista non ci andrai neanche una volta; non ti permetterei di andarci, neanche
se lo pagassi tu. Eri rimasta molto colpita dalla mia reazione così estrema. In fondo, proponendomi lo psicanalista, credevi di propormi un male minore. Anche se
non hai protestato in alcun modo, immagino che tu abbia pensato che ero troppo vecchia per capire queste
cose o troppo poco informata. Invece ti sbagli. Di
Freud io avevo già sentito parlare da bambina. Uno dei
fratelli di mio padre era medico e, avendo studiato a
Vienna, era entrato prestissimo in contatto con le sue
teorie. Ne era entusiasta e ogni volta che veniva a pranzo, cercava di convincere i miei genitori della loro effi-
cacia. «Non mi farai mai credere che se sogno di mangiare degli spaghetti, ho paura della morte», tuonava
allora mia madre. «Se sogno gli spaghetti, vuol dire una
cosa sola, che ho fame.» A nulla valevano i tentativi
dello zio di spiegarle che questa sua caparbietà derivava
da una rimozione, che era inequivocabile il suo terrore
della morte, perché gli spaghetti altro non erano che
vermi, e vermi era quello che un giorno saremmo diventati tutti quanti. A quel punto sai cosa faceva mia
madre? Dopo un attimo di silenzio con la sua voce da
soprano sbottava: «E allora, se sogno i maccheroni?»

I miei incontri con la psicanalisi, però, non si esau-
riscono a questo aneddoto infantile. Tua madre si è cu-
rata da uno psicanalista o supposto tale per quasi dieci
anni, quand'è morta ci stava ancora andando, così, sep-
pur di riflesso, ho avuto modo di seguire giorno dopo
giorno l'intero svolgersi del rapporto. All'inizio, a dire
il vero, non mi raccontava niente, su queste cose, lo
sai, vige il segreto professionale. Quello però che mi ha

colpito subito – e in senso negativo – è stato l'immediato e totale senso di dipendenza. Già dopo un mese tutta la sua vita ruotava intorno a quell'appuntamento, a
quello che succedeva in quell'ora tra lei e quel signore.
Gelosia, dirai tu. Forse, è anche possibile, ma non era
la cosa principale; quello che mi angustiava era piuttosto il disagio di vederla schiava di una nuova dipendenza, prima la politica e poi il rapporto con quel signore.
Ilaria l'aveva conosciuto durante l'ultimo anno di soggiorno a Padova e infatti era proprio a Padova che si
recava ogni settimana. Quando mi aveva comunicato
questa nuova attività ero rimasta un po' perplessa e le
avevo detto: «Credi proprio che sia necessario andare
fino laggiù per trovare un buon medico?»

Da un lato la decisione di ricorrere a un medico per
uscire dal suo stato di crisi perpetua mi dava una sensazione di sollievo. In fondo, mi dicevo, se Ilaria aveva
deciso di domandare aiuto a qualcuno era già un passo
avanti; dall'altro però, conoscendo la sua fragilità, ero
in ansia per la scelta della persona a cui si era affidata.
Entrare nella testa di qualcun altro è sempre un fatto
di una delicatezza estrema. «Come l'hai trovato?» le
chiedevo allora. «Te l'ha consigliato qualcuno?», ma lei
come risposta alzava soltanto le spalle. «Cosa vuoi capire?» diceva troncando la frase con un silenzio di suffi-
cienza.

Sebbene a Trieste vivesse in una casa per conto suo
avevamo l'abitudine di vederci per pranzo almeno una
volta la settimana. Fin dall'inizio della terapia i nostri
dialoghi in queste occasioni erano stati di una grande e
voluta superficialità. Parlavamo di cos'era accaduto in
città, del tempo; se il tempo ero bello e in città non era
successo niente, stavamo quasi completamente zitte.

Già dopo il suo terzo o quarto viaggio a Padova però, mi ero accorta di un cambiamento. Invece di parlare entrambe di niente, era lei a fare domande: voleva sapere tutto del passato, di me, di suo padre, dei nostri rapporti. Non c'era affetto nelle sue domande, curiosità: il tono era quello di un interrogatorio; ripeteva più volte la domanda insistendo su particolari minuscoli, insinuava dubbi su episodi che lei stessa aveva vissuto e ricordava benissimo; non mi sembrava di parlare con mia figlia, in quegli istanti, ma con un commissario che a ogni costo voleva farmi confessare un delitto. Un giorno, spazientita, le dissi: «Sii chiara, dimmi soltanto dove vuoi arrivare». Lei mi guardò con uno sguardo lievemente ironico, prese una forchetta, la batté sul bicchiere e quando il bicchiere fece *cling*, disse: «In un posto solo, al capolinea. Voglio sapere quando e perché tu e tuo marito mi avete tarpato le ali».

Quel pranzo fu l'ultimo nel quale acconsentii a sottopormi a quel fuoco di fila di domande; già la settimana seguente per telefono le dissi di venire pure ma a un patto, che tra noi invece di un processo ci fosse un dialogo.

Avevo la coda di paglia? Certo, avevo la coda di paglia, c'erano molte cose di cui avrei dovuto parlare con Ilaria ma non mi sembrava giusto né sano svelare cose così delicate sotto la pressione di un interrogatorio; se fossi stata al suo gioco, invece di inaugurare un rapporto nuovo tra due persone adulte, io sarei stata soltanto e per sempre colpevole e lei per sempre vittima, senza possibilità di riscatto.

Riparlai con lei della sua terapia parecchi mesi dopo. Ormai con il suo dottore faceva dei ritiri che duravano l'intero fine settimana; era molto dimagrita e nei suoi discorsi c'era un che di farneticante che non le avevo mai sentito prima. Le raccontai del fratello di suo nonno, dei suoi primi contatti con la psicanalisi e poi, come se niente fosse le chiesi: «Di che scuola è il tuo analista?» «Di nessuna», rispose lei, «o meglio di una che ha fondato lui da solo.»

Da quel momento, quella che fino allora era stata una semplice ansia divenne una preoccupazione vera e profonda. Riuscii a scoprire il nome del medico e con una breve indagine scoprii anche che non era affatto medico. Le speranze che avevo nutrito all'inizio sugli effetti della terapia crollarono in un solo colpo. Naturalmente non era la mancanza della laurea in sé a insospettirmi, ma la mancanza della laurea unita alla constatazione delle sempre peggiori condizioni di Ilaria. Se la cura fosse valida, pensavo, a una fase iniziale di malessere sarebbe dovuta seguire una di maggiore benessere; lentamente, tra dubbi e ricadute, avrebbe dovuto farsi strada la consapevolezza. Piano piano invece, Ilaria aveva smesso di interessarsi a tutto quello che c'era intorno. Ormai da diversi anni aveva finito i suoi studi e non faceva niente, si era allontanata dai pochi amici che aveva, l'unica sua attività era scrutare i moti interiori con l'ossessione di un entomologo. Il mondo girava intorno a quello che aveva sognato la notte, a una frase che io o suo padre le avevamo detto vent'anni prima. Davanti a questo deterioramento della sua vita mi sentivo completamente impotente.

Soltanto tre estati dopo, per alcune settimane si aprì uno spiraglio di speranza. Poco dopo Pasqua le avevo proposto di fare un viaggio assieme; con mia grande sorpresa invece di rifiutare a priori l'idea, Ilaria, alzando gli occhi dal piatto, aveva detto: «E dove potremmo andare?» «Non lo so», avevo risposto, «dove vuoi tu, ovunque ci venga in mente di andare.»

Il pomeriggio stesso avevamo atteso con impazienza l'apertura delle agenzie di viaggio. Per settimane le battemmo a tappeto alla ricerca di qualcosa che ci piacesse. Alla fine optammo per la Grecia – Creta e Santorini – alla fine di maggio. Le cose pratiche da fare prima della partenza ci unirono con una complicità mai avuta prima. Lei era ossessionata dalle valigie, dal terrore di dimenticare qualcosa di primaria importanza; per tranquillizzarla le avevo comprato un quadernetto: «Scrivici sopra tutte le cose che ti servono», le avevo detto, «quando le hai già messe in valigia ci fai una croce accanto».

La sera, al momento di andare a dormire mi rammaricavo di non aver pensato prima che un viaggio assieme era un ottimo modo per provare a ricucire il rapporto. Il venerdì precedente alla partenza Ilaria mi telefonò con voce metallica. Credo si trovasse in una cabina per la strada. «Devo andare a Padova», mi disse, «torno al più tardi martedì sera.» «Devi proprio?» le chiesi, ma aveva già riagganciato.

Fino al giovedì seguente di lei non ebbi altre notizie. Alle due il telefono squillò, il suo tono era indeciso tra la durezza e il rammarico. «Mi dispiace», disse, «ma non vengo più in Grecia.» Aspettava la mia reazione, anch'io la aspettavo. Dopo qualche secondo risposi: «Dispiace molto anche a me. Io comunque ci vado lo stesso». Capì la mia delusione e tentò di darmi delle giustificazioni. «Se parto fuggo da me stessa», sussurrò.

Come puoi immaginare fu una vacanza tristissima, mi sforzavo di seguire le guide, di interessarmi al paesaggio, all'archeologia; in realtà pensavo soltanto a tua madre, a dove stava andando la sua vita.

Ilaria, mi dicevo, somiglia a un contadino che, dopo aver piantato l'orto e aver visto sbucare le prime piantine, viene preso dal timore che qualcosa possa nuocere loro. Allora, per proteggerle dalle intemperie, compra un bel telo di plastica resistente all'acqua e al vento e glielo sistema sopra; per tenere lontani gli afidi e le larve, le irrora con abbondanti dosi di insetticida. È un lavoro senza pause il suo, non c'è momento della notte e del giorno in cui non pensi all'orto e al modo di difenderlo. Poi una mattina, sollevando il telo, ha la brutta sorpresa di trovarle tutte marcite, morte. Se le avesse lasciate libere di crescere, alcune sarebbero morte lo stesso, ma altre sarebbero sopravvissute. Accanto a quelle da lui piantate, portate dal vento e dagli insetti ne sarebbero cresciute delle altre, alcune sarebbero state erbacce e le avrebbe strappate, ma altre, forse, sarebbero diventate dei fiori e con le loro tinte avrebbero rallegrato la monotonia dell'orto. Capisci? Così vanno le cose, ci vuole generosità nella vita: coltivare il proprio piccolo carattere senza vedere più niente di quello che sta intorno vuol dire respirare ancora ma essere morti.

Imponendo un'eccessiva rigidità alla mente, Ilaria aveva soppresso dentro di sé la voce del cuore. A furia di discutere con lei persino io avevo timore di pronunciare questa parola. Una volta, quand'era adolescente le avevo detto: il cuore è il centro dello spirito. La mattina dopo sul tavolo della cucina avevo trovato il dizionario aperto alla parola spirito, con una matita rossa era sottolineata la definizione: liquido incolore atto a conservare la frutta.

Il cuore ormai fa subito pensare a qualcosa di ingenuo, dozzinale. Nella mia giovinezza era ancora possibile nominarlo senza imbarazzo, adesso invece è un termine che non usa più nessuno. Le rare volte in cui viene citato è soltanto per riferirsi al suo cattivo funzionamento: non è il cuore nella sua interezza ma soltanto un'ischemia coronarica, una lieve sofferenza atriale; ma di lui, del suo essere il centro dell'animo umano, non viene più fatto cenno. Tante volte mi sono interrogata sulla ragione di questo ostracismo. «Chi confida nel proprio cuore è uno stolto», diceva spesso Augusto citando la Bibbia. Perché mai dovrebbe essere stolto? Forse perché il cuore somiglia a una camera di combustione? Perché c'è del buio là dentro, del buio e del fuoco? La mente è moderna quanto il cuore è antico. Chi bada al cuore – si pensa allora – è vicino al mondo animale, all'incontrollato, chi bada alla ragione è vicino alle riflessioni più alte. E se le cose invece non fossero così, se fosse vero proprio il contrario? Se fosse questo eccesso di ragione a denutrire la vita?

Durante il viaggio di ritorno dalla Grecia avevo preso l'abitudine di passare parte della mattina vicino alla plancia di comando. Mi piaceva sbirciare dentro, guardare il radar e tutte quelle apparecchiature complicate che dicevano dove stavamo andando. Lì, un giorno, osservando le varie antenne che vibravano nell'aria ho pensato che l'uomo somiglia sempre più a una radio capace di sintonizzarsi soltanto su una banda di frequenza. Succede un po' la stessa cosa con le radioline che trovi in omaggio nei detersivi: sebbene sul quadrante siano disegnate tutte le stazioni, in realtà muovendo il sintonizzatore riesci a riceverne non più di una o due, tutte le altre continuano a ronzare nell'aria. Ho l'impressione che l'uso eccessivo della mente produca più o meno lo stesso effetto: di tutta la realtà che ci circonda si riesce a cogliere soltanto una parte ristretta. E in questa parte spesso impera la confusione perché è tutta piena di parole, e le parole, il più delle volte, invece di condurci in qualche luogo più ampio ci fanno soltanto fare un girotondo.

La comprensione esige il silenzio. Da giovane non lo sapevo, lo so adesso che mi aggiro per la casa muta e solitaria come un pesce nella sua boccia di cristallo. È un po' come pulire un pavimento sporco con una scopa o con uno straccio bagnato: se usi la scopa gran parte della polvere si solleva in aria e ricade sugli oggetti accanto; se invece usi lo straccio inumidito il pavimento resta splendente e liscio. Il silenzio è come lo straccio inumidito, allontana per sempre l'opacità della polvere. La mente è prigioniera delle parole, se un ritmo le appartiene è quello disordinato dei pensieri; il cuore invece respira, tra tutti gli organi è l'unico a pulsare, ed è questa pulsazione che gli consente di entrare in sintonia con pulsazioni più grandi. Qualche volta mi capita, più per distrazione che per altro, di lasciare la televisione accesa per l'intero pomeriggio; anche se non la guardo il suo rumore mi insegue per le stanze e la sera, quando vado a letto sono molto più nervosa del solito stento ad addormentarmi. Il rumore continuo, il fracasso sono una specie di droga, quando ci si è abituati non se ne può fare a meno.

Non voglio andare troppo oltre, non adesso. Nelle pagine che ho scritto oggi è un po' come se avessi preparato una torta mescolando diverse ricette – un po' di mandorle e poi la ricotta, dell'uvetta e del rhum, dei savoiardi e del marzapane, cioccolata e fragole – insomma una di quelle cose terribili che una volta mi hai fatto assaggiare dicendo che si chiamava nouvelle cuisine. Un pasticcio? Può darsi. Immagino che se le leggesse un filosofo non riuscirebbe a trattenersi dal segnare tutto con la matita rossa come le vecchie maestre. «Incon-

gruente», scriverebbe, «fuori tema, dialetticamente in-
sostenibile.»

Figurati se capitasse poi nelle mani di uno psicologo! Potrebbe scrivere un intero saggio sul rapporto fal-
lito con mia figlia, su tutto ciò che rimuovo. Anche se
avessi rimosso qualcosa, ormai che importanza ha? Avevo una figlia e l'ho persa. È morta schiantandosi con la
macchina: lo stesso giorno le avevo rivelato che quel
padre che, secondo lei, le aveva causato tanti guai, non
era il suo vero padre. Quella giornata è presente davanti a me come la pellicola di un film, solo che invece di
muoversi nel proiettore è inchiodata su un muro. Conosco a memoria la sequenza delle scene, di ogni scena conosco il dettaglio. Non mi sfugge niente, sta tutto dentro di me, pulsa nei miei pensieri quando sono sveglia
e quando dormo. Pulserà ancora dopo la mia morte.

La merlotta si è svegliata, a intervalli regolari spunta con la testa dal foro ed emette un *pio* deciso. «Ho
fame», sembra dire, «cosa aspetti a darmi da mangiare?» Mi sono alzata, ho aperto il frigo, ho guardato se
ci fosse qualcosa che andava bene per lei. Visto che non
c'era niente, ho preso il telefono per chiedere al signor
Walter se avesse dei vermi. Mentre facevo il numero le
ho detto: «Beata te, piccolotta, che sei nata da un uovo
e dopo il primo volo hai scordato l'aspetto dei tuoi
genitori».

30 novembre

Questa mattina poco prima delle nove è arrivato Walter con la moglie e un sacchetto di vermi. È riuscito a procurarseli da un suo cugino con l'hobby della pesca. Erano larve della farina. Assistita da lui, ho estratto delicatamente la merlotta fuori dalla scatola, sotto le morbide piume del petto il suo cuore batteva come pazzo. Con una pinzetta di metallo ho preso i vermi dal piattino e glieli ho offerti. Per quanto glieli sventolassi in modo appetitoso davanti al becco, non ne voleva sapere. «Glielo apra con uno stecchino», mi incitava allora il signor Walter, «lo forzi con le dita», ma io naturalmente non avevo il coraggio di farlo. A un certo punto mi sono ricordata, visti i tanti uccellini che abbiamo allevato assieme, che bisogna stuzzicargli il becco di lato e così ho fatto. E infatti come se dietro ci fosse una molla, la merlotta ha subito spalancato il becco. Dopo tre larve era già sazia. La signora Razman ha messo su un caffè – io non lo posso più fare da quando ho la mano difettosa – e siamo rimasti a parlare un po' del più e del meno. Senza la loro gentilezza e disponibilità, la mia vita sarebbe ben più difficile. Tra qualche giorno andranno in un vivaio a comprare bulbi e sementi per la primavera prossima. Mi hanno invitata ad andare con loro. Non gli ho detto né sì né no, siamo rimasti d'accordo di sentirci per telefono alle nove di domani.

Quel giorno era l'otto maggio. Avevo trascorso la mattina a curare il giardino, erano fiorite le aquilegie e il ciliegio era coperto di boccioli. All'ora di pranzo senza essersi annunciata è comparsa tua madre. È arrivata alle mie spalle in silenzio. «Sorpresa!» ha gridato all'improvviso e io per lo spavento ho lasciato cadere il rastrello. L'espressione del suo volto contrastava con l'entusiasmo fintamente gioioso dell'esclamazione. Era gialla e aveva le labbra contratte. Parlando si passava in continuazione le mani tra i capelli, li allontanava dal viso, li tirava, si infilava una ciocca in bocca.

Negli ultimi tempi questo era il suo stato naturale, vedendola così non mi sono preoccupata, almeno non più delle altre volte. Le ho chiesto dov'eri. Mi ha detto che ti aveva lasciata a giocare da un'amica. Mentre andavamo verso casa, da una tasca ha tirato fuori un mazzolino di non-ti-scordar-di-me tutto stropicciato. «È la festa della mamma», ha detto, ed è rimasta immobile a guardarmi con i fiori in mano, senza decidersi a fare un passo. Allora il passo l'ho fatto io, le sono andata vicino e l'ho abbracciata con affetto dicendole grazie. Nel sentire il suo corpo a contatto con il mio sono rimasta turbata. C'era una terribile rigidità in lei, quando l'avevo stretta si era indurita ancora di più. Avevo la sensazione che il suo corpo, dentro, fosse completamente cavo, emanava aria fredda come la emanano le grotte. In quel momento ricordo benissimo di aver pensato a te. Che ne sarà della bambina, mi sono chiesta, con una madre ridotta in queste condizioni? Con il passare del tempo la situazione invece di migliorare peggiorava, ero preoccupata per te, per la tua crescita. Tua madre era molto gelosa e ti portava da me il meno possibile. Voleva preservarti dai miei influssi negativi. Se avevo rovinato lei, non sarei riuscita a rovinare te.

Era ora di pranzo e, dopo l'abbraccio, sono andata in cucina a preparare qualcosa. La temperatura era mite. Abbiamo apparecchiato la tavola all'aperto, sotto il glicine. Ho messo la tovaglia a quadretti verdi e bianchi e, in mezzo al tavolo, un vasetto con i non-ti-scordar-di-me. Vedi? Ricordo tutto con una precisione incredibile per la mia memoria ballerina. Intuivo che sarebbe stata l'ultima volta che l'avrei vista viva? Oppure, dopo la tragedia, ho cercato di dilatare artificialmente il tempo trascorso assieme? Chissà. Chi lo può dire?

Siccome non avevo niente di pronto, ho preparato una salsa di pomodoro. Mentre finiva di cuocersi, ho chiesto a Ilaria se voleva le penne o i fusilli. Da fuori ha risposto «indifferente» e allora ho buttato i fusilli. Quando ci siamo sedute le ho fatto qualche domanda su di te, domande alle quali lei ha risposto in modo evasivo. Sopra le nostre teste c'era un via vai continuo di insetti. Entravano e uscivano dai fiori, il loro ronzio copriva quasi le nostre parole. A un certo punto, qualcosa di scuro è piombato nel piatto di tua madre. «È una vespa. Uccidila, uccidila!» ha urlato, balzando dalla sedia e ribaltando tutto. Allora io mi sono sporta per controllare, ho visto ch'era un bombo e gliel'ho detto: «Non è una vespa, è un bombo, è innocuo». Dopo averlo allontanato dalla tovaglia, le ho rimesso la pasta nel piatto. Con l'espressione ancora sconvolta si è riseduta al suo posto, ha preso la forchetta, ci ha giocherellato un po' passandosela da una mano all'altra, poi ha puntato i gomiti sul tavolo e ha detto: «Ho bisogno di soldi». Sulla tovaglia dov'erano caduti i fusilli era rimasta una macchia larga di colore rosso.

La questione dei soldi andava ormai avanti da parecchi mesi. Già prima di Natale dell'anno precedente, Ilaria mi aveva confessato di aver firmato delle carte a favore del suo analista. Davanti alla mia richiesta di maggiori spiegazioni, era sfuggita come sempre. «Delle garanzie», aveva detto, «una pura e semplice formalità.» Questo era il suo atteggiamento terrorista, quando mi doveva dire una cosa la diceva a metà. In questo modo scaricava la sua ansia su di me e, dopo averlo fatto, non mi dava le informazioni necessarie per permettermi di aiutarla. C'era un sottile sadismo in tutto ciò. Oltre al sadismo, una necessità furiosa di essere sempre al centro di qualche preoccupazione. Il più delle volte però, queste sue uscite erano soltanto boutade.

Diceva, ad esempio: «Ho un cancro alle ovaie», e io, dopo una breve e affannosa indagine, scoprivo che era andata soltanto a fare un test di controllo, quel test che fanno tutte le donne. Capisci? Era un po' come la storia di al lupo al lupo. Negli ultimi anni aveva annunciato talmente tante tragedie che io, alla fine, avevo smesso di crederci o ci credevo un po' meno. Così quando mi aveva detto di aver firmato delle carte non le avevo prestato molta attenzione, né avevo insistito per avere altre notizie. Più di ogni altra cosa, ero stanca di quel gioco al massacro. Anche se avessi insistito, anche se ne fossi venuta a conoscenza prima, sarebbe stato comunque inutile perché quelle carte le aveva già firmate da tempo, senza chiedermi niente.

Il patatrac vero e proprio successe alla fine di febbraio. Soltanto allora venni a sapere che, con quelle carte, Ilaria aveva garantito gli affari del suo medico per un valore di trecento milioni. In quei due mesi la società per la quale aveva firmato la fideiussione era fallita, c'era un buco di quasi due miliardi e le banche avevano cominciato a chiedere di far rientrare il denaro impegnato. A quel punto tua madre era venuta da me a piangere, a domandarmi cosa mai dovesse fare. La garanzia infatti era costituita dalla casa nella quale viveva insieme a te, era quella che le banche volevano indietro. Puoi immaginare il mio furore. A trent'anni passati tua madre non solo non era affatto capace di mantenersi da sola, ma aveva anche messo in gioco l'unico bene in suo possesso, l'appartamento che le avevo intestato al momento della tua nascita. Ero furibonda ma non gliel'avevo fatto vedere. Per non turbarla ulteriormente mi ero finta serena e avevo detto: «Vediamo cosa si può fare».

Visto che lei era caduta in una totale apatia, avevo cercato un buon avvocato. Mi ero improvvisata detective, avevo raccolto tutte le informazioni che ci sarebbero state utili per vincere la causa con le banche. Così venni a sapere che già da diversi anni lui le somministrava dei forti psicofarmaci. Durante le sedute, se lei era un po' giù, le offriva del whisky. Non faceva altro che ripeterle che lei era l'allieva prediletta, la più dotata, e presto avrebbe potuto mettersi in proprio, aprire uno studio dove curare le persone a sua volta. Mi vengono i brividi solo a ripetere queste frasi. Ti rendi conto Ilaria, con la sua fragilità, con la sua confusione, con la sua assoluta mancanza di centro, da un giorno all'altro avrebbe potuto curare le persone. Se non fosse accaduto quel crac, quasi sicuramente sarebbe successo: senza dirmi niente si sarebbe messa a esercitare la stessa arte del suo santone.

Naturalmente non aveva mai osato parlarmi in modo esplicito di questo suo progetto. Quando le chiedevo perché non utilizzasse in alcun modo la sua laurea in lettere, rispondeva con un sorrisetto furbo: «Vedrai che la utilizzerò...»

Ci sono cose molto dolorose a pensarsi. A dirsi, poi, provocano una pena ancora maggiore. In quei mesi impossibili avevo capito una cosa di lei, una cosa che fino a quel momento non mi aveva mai sfiorata e che non so neanche se faccio bene a riferirti; comunque, dato che ho deciso di non nasconderti niente, vuoto il sacco. Ecco, vedi, ad un tratto, avevo capito questo: che tua madre non era per niente intelligente. Ho fatto tanta fatica a comprenderlo, ad accettarlo, un po' perché sui figli ci si inganna sempre, un po' perché con tutto il suo finto sapere, con tutta la sua dialettica, era riuscita molto bene a confondere le acque. Se avessi avuto il coraggio di accorgermene in tempo, l'avrei protetta di più, le avrei voluto bene in modo più fermo. Proteggendola forse sarei riuscita a salvarla.

Questa era la cosa più importante e me ne sono accorta quando ormai non c'era quasi niente da fare. Vista la situazione nel suo complesso, a quel punto l'unica azione possibile da fare era dichiararla incapace di intendere e di volere, intentare un processo per plagio. Il giorno in cui le comunicai che avevamo deciso – con l'avvocato – di intraprendere questa strada, tua madre scoppiò in una crisi isterica. «Lo fai apposta», gridava, «è tutto un piano per portarmi via la bambina.» Dentro di sé però sono sicura che pensava soprattutto a una cosa, e cioè che se fosse stata riconosciuta incapace di intendere e di volere la sua carriera sarebbe stata bruciata per sempre. Camminava bendata sull'orlo di un baratro e ancora credeva di trovarsi sul prato per fare un picnic. Dopo quella crisi mi ordinò di liquidare l'avvocato e di lasciar perdere. Di sua iniziativa ne consultò un altro e fino a quel giorno dei non-ti-scordar-di-me non mi fece sapere altro.

Capisci il mio stato d'animo quando, puntando i gomiti sul tavolo, mi chiese i soldi? Certo, lo so, sto parlando di tua madre e adesso forse nelle mie parole senti soltanto una vuota crudeltà, pensi che aveva ragione a odiarmi. Ma ricordati quello che ti ho detto all'inizio: tua madre era mia figlia, io ho perso molto più di quello che hai perso tu. Mentre tu della sua perdita sei innocente io no, non lo sono per niente. Se ogni tanto ti sembra che ne parli con distacco, cerca di immaginare quanto grande possa essere il mio dolore, quanto questo dolore sia privo di parole. Così il distacco è solo apparente, è il vuoto pneumatico grazie al quale posso continuare a parlare.

Quando mi domandò di pagare i suoi debiti, per la prima volta nella mia vita le dissi no, assolutamente no. «Non sono una banca svizzera», le risposi, «non ho quella cifra. Anche se l'avessi non te la darei, sei abbastanza grande per essere responsabile delle tue azioni. Avevo una sola casa e te l'ho intestata, se l'hai persa la cosa non mi riguarda più.» A quel punto, si era messa a piagnucolare. Iniziava una frase, la lasciava a metà, ne iniziava un'altra; nel contenuto e nel modo in cui si susseguivano, non riuscivo a scorgere nessun senso, nessuna logica. Dopo una decina di minuti di lamentele era arrivata al suo chiodo fisso: il padre e le sue presunte colpe, prima tra tutte la poca attenzione nei suoi confronti. «Ci vuole un risarcimento, lo capisci o no?» mi gridava con una luce terribile negli occhi. Allora, non so come, esplosi. Il segreto che ormai avevo giurato a me stessa di portare nella tomba mi salì alle labbra. Appena uscito ero già pentita, volevo richiamarlo dentro, avrei fatto qualsiasi cosa per rimangiarmi quelle parole, ma era troppo tardi. Quel «tuo padre non è il tuo vero padre» era già arrivato alle sue orecchie. Il suo volto divenne ancora più terreo. Si alzò lentamente in piedi, fissandomi. «Cosa hai detto?» La sua voce si sentiva appena. Io stranamente ero di nuovo calma. «Hai sentito bene», le risposi. «Ho detto che tuo padre non era mio marito.»

Come reagì Ilaria? Semplicemente andandosene. Si girò con un'andatura più simile a quella di un robot che a quella di un essere umano e si avviò verso l'uscita del giardino. «Aspetta! Parliamo», le gridai con una voce odiosamente stridula.

Perché non mi sono alzata, perché non le sono corsa dietro, perché in fondo non ho fatto niente per fermarla? Perché anch'io ero rimasta impietrita dalle mie stesse parole. Cerca di capire, ciò che avevo custodito per tanti anni, e con tanta fermezza, all'improvviso era venuto fuori. In meno di un secondo, come un canarino che all'improvviso trova la porta della gabbia aperta, era volato via e aveva raggiunto l'unica persona che non volevo raggiungesse.

Quel pomeriggio stesso, alle sei, mentre ancora frastornata stavo innaffiando le ortensie, una pattuglia della polizia stradale venne ad avvisarmi dell'incidente.

È sera tardi adesso, ho dovuto fare una pausa. Ho dato da mangiare a Buck e alla merla, ho mangiato io, ho guardato per un po' la televisione. La mia corazza a brandelli non mi consente di sopportare a lungo le emozioni forti. Per andare avanti devo svagarmi, riprendere fiato.

Come sai, tua madre non morì subito, passò dieci giorni sospesa tra la vita e la morte. In quei giorni le fui sempre accanto, speravo che almeno per un momento aprisse gli occhi, che mi fosse data un'ultima possibilità di chiederle perdono. Stavamo sole in una stanzetta piena di macchine, un piccolo televisore diceva che il suo cuore andava ancora avanti, un altro che il suo cervello era quasi fermo. Il medico che si occupava di lei mi aveva detto che, alle volte, i pazienti in quello stato trovano beneficio nel sentire qualche suono che avevano amato. Allora mi ero procurata la sua canzone preferita di quand'era bambina. Con un piccolo mangianastri gliela facevo sentire per ore. In effetti qualcosa le deve essere arrivato perché, già dopo le prime note, l'espressione del suo volto era cambiata, il viso si era disteso e le labbra avevano cominciato a fare i movimenti che fanno i lattanti dopo aver mangiato. Sembrava un sorriso di soddisfazione. Chissà, forse nella piccola parte del suo cervello ancora attiva era custodita la memoria di un'epoca serena ed era là che si era rifugiata in quel momento. Quella piccola modifica mi aveva riempito di gioia. In questi casi ci si aggrappa a un nonnulla; non mi stancavo di accarezzarle la testa, di ripeterle: «Tesoro devi farcela, abbiamo ancora tutta una vita davanti da vivere assieme, ricominceremo tutto da capo, in modo diverso». Mentre le parlavo, tornava davanti a me un'immagine: aveva quattro o cinque anni, la vedevo aggirarsi per il giardino tenendo per un braccio la sua bambola preferita, le parlava in continuazione. Io ero in cucina, non sentivo la sua voce. Ogni tanto da qualche punto del prato mi giungeva la sua risata, una risata forte, allegra. Se una volta è stata felice, mi dicevo allora, lo potrà essere ancora. Per farla rinascere bisogna partire da lì, da quella bambina.

Naturalmente, la prima cosa che mi avevano comunicato i medici dopo l'incidente era che, se anche fosse sopravvissuta, le sue funzioni non sarebbero più state

quelle di una volta, poteva restare paralizzata oppure
cosciente solo in parte. E sai una cosa? Nel mio egoismo materno mi preoccupavo soltanto del fatto che
continuasse a vivere. In che modo non aveva nessuna
importanza. Anzi, spingerla in carrozzella, lavarla, im-
boccarla, occuparmi di lei come unico scopo della mia
vita, sarebbe stato il modo migliore per espiare interamente la mia colpa. Se il mio amore fosse stato vero, se
fosse stato veramente grande, avrei pregato per la sua
morte. Alla fine però Qualcuno le volle più bene di me:
nel tardo pomeriggio del nono giorno, dal suo volto
scomparve quel vago sorriso e morì. Me ne accorsi subito, ero lì accanto, tuttavia non avvertii l'infermiera di
turno perché volevo stare ancora un po' con lei. Le ca-
rezzai il volto, le strinsi le mani tra le mie come quando
era bambina, «tesoro», continuavo a ripeterle, «tesoro». Poi, senza lasciare la sua mano, mi sono inginocchiata ai piedi del letto e ho cominciato a pregare. Pre-
gando ho cominciato a piangere.

Quando l'infermiera mi ha toccato una spalla stavo
ancora piangendo. «Andiamo, venga», mi ha detto, «le
do un calmante». Il calmante non l'ho voluto, non volevo che qualcosa attutisse il mio dolore. Sono rimasta lì fino a che l'hanno portata all'obitorio. Poi ho preso un taxi e ti ho raggiunto dall'amica dove eri ospite. La sera
stessa eri già a casa mia. «Dov'è la mamma?» mi hai chiesto durante la cena. «La mamma è partita», ti ho detto
allora, «è andata a fare un viaggio, un lungo viaggio fino
in cielo.» Con la tua testona bionda hai continuato a
mangiare in silenzio. Appena hai finito con voce seria mi
hai chiesto: «Possiamo salutarla, nonna?» «Ma certo,
amore», ti ho risposto e prendendoti in braccio ti ho portato in giardino. Siamo rimaste a lungo in piedi sul prato
mentre tu con la manina facevi ciao ciao alle stelle.

## 1° dicembre

In questi giorni mi è venuto addosso un gran malumore. A scatenarlo non c'è stato niente di preciso, il corpo è così, ha i suoi equilibri interni, basta un niente per alterarli. Ieri mattina, quando la signora Razman è venuta con la spesa e mi ha vista nera in volto ha detto che secondo lei la colpa è della luna. La notte scorsa infatti c'era la luna piena. E se la luna può smuovere i mari e far crescere più svelto il radicchio nell'orto perché mai non dovrebbe avere il potere di influire anche sui nostri umori? Di acqua, di gas, di minerali, di cos'altro siamo fatti? Prima di andarsene comunque mi ha lasciato in dono un cospicuo pacco di giornalacci e così ho passato una giornata intera a inebetirmi tra le loro pagine. Ci casco ogni volta! Appena li vedo mi dico, va bene, li sfoglio un po', non più di mezz'ora e poi vado a fare qualcosa di più serio e importante. Invece ogni volta non mi stacco fino a che non ho letto l'ultima parola. Mi rattristo per la vita infelice della principessa di Monaco, mi indigno per gli amori proletari di sua sorella, palpito per qualsiasi notizia strappacuore che mi venga raccontata con abbondanza di particolari. E poi le lettere! Non smetto di strabiliarmi per quello che la gente ha il coraggio di scrivere! Non sono una vecchia bacchettona, almeno non credo di esserlo, tuttavia non ti nego che certe libertà mi lasciano piuttosto perplessa.

La temperatura oggi si è ulteriormente abbassata. Non sono andata a fare la passeggiata in giardino, avevo paura che l'aria fosse troppo rigida, unita al gelo che mi porto dentro avrebbe potuto spezzarmi come un vecchio ramo ghiacciato. Chissà se mi stai ancora leggendo oppure se, conoscendomi meglio, ti ha preso una ripulsa tale da non poter proseguire la lettura. L'urgenza che in questo momento mi possiede non mi permette deroghe, non posso fermarmi proprio adesso, svicolare. Anche se ho conservato quel segreto per tanti anni, adesso non è più possibile farlo. Ti ho detto, all'inizio che davanti al tuo smarrimento per il fatto di non avere un centro io provavo uno smarrimento simile al tuo, forse anche più grande. So che il tuo riferimento al centro – o meglio, alla mancanza di esso – è strettamente legato al fatto che tu non hai mai saputo chi fosse tuo padre. Tanto mi era stato tristemente naturale dirti dov'era andata tua madre, altrettanto, davanti alle domande su tuo padre, non sono mai stata in grado di rispondere. Come potevo? Non avevo la minima idea di chi fosse. Un'estate Ilaria aveva fatto una lunga vacanza da sola in Turchia, da quella vacanza era tornata in stato interessante. Aveva già passato i trent'anni e a quell'età alle donne, se ancora non hanno figli, prende una strana frenesia, a tutti i costi ne vogliono uno, in che modo e con chi non ha nessuna importanza.

In quel periodo, poi, erano quasi tutte femministe; tua madre con un gruppo di amiche aveva fondato un circolo. C'erano molte cose giuste in quel che dicevano, cose che condividevo, ma tra queste cose giuste, c'erano anche molte forzature, idee malsane e distorte. Una di queste era che le donne fossero completamente padrone della gestione del loro corpo, e quindi fare un figlio o meno, dipendeva soltanto da loro. L'uomo non era altro che una necessità biologica, e come semplice necessità andava usato. Tua madre non era stata l'unica a comportarsi così, altre due o tre sue amiche hanno avuto dei figli nello stesso modo. Non è del tutto incomprensibile, sai. La capacità di poter dare la vita dona un senso di onnipotenza. La morte, il buio e la precarietà si allontanano, immetti nel mondo un'altra parte di te, davanti a questo miracolo scompare tutto.

A sostegno della loro tesi tua madre e le sue amiche citavano il mondo animale: «Le femmine», dicevano, «incontrano i maschi soltanto al momento dell'accoppiamento, poi ognuno va per la sua strada e i cuccioli restano con la madre». Se questo sia vero o meno non sono in grado di verificarlo. So però che noi siamo esseri umani, ognuno di noi nasce con una faccia diversa da tutte le altre e questa faccia ce la portiamo dietro per tutta la vita. Un'antilope nasce con il muso di antilope, un leone con quello di leone, sono uguali identici a tutti gli altri animali della loro specie. In natura l'aspetto resta sempre lo stesso, mentre il volto ce l'ha l'uomo e nessun altro. Il volto, capisci? Nel volto c'è tutto. C'è la tua storia, ci sono tuo padre, tua madre, i tuoi nonni e i bisnonni, magari anche uno zio lontano di cui non si ricorda più nessuno. Dietro al volto c'è la personalità, le cose buone e quelle meno buone che hai ricevuto dai tuoi antenati. Il volto è la nostra prima identità, ciò che ci permette di sistemarci nella vita dicendo: ecco, sono qui. Così, quando verso i tredici, quattordici anni, hai cominciato a trascorrere ore intere davanti allo specchio, ho capito che era proprio quello che stavi cercando. Guardavi certo i brufoli e i punti neri, o il naso all'improvviso troppo grande, ma anche qualcos'altro.

Sottraendo ed eliminando i lineamenti della tua famiglia materna, cercavi di farti un'idea sul volto dell'uomo che ti aveva messo al mondo. La cosa su cui tua madre e le sue amiche non avevano riflettuto abbastanza era proprio questo: che un giorno il figlio, osservandosi allo specchio, avrebbe capito che dentro di lui c'era qualcun altro e che – di questo qualcun altro – avrebbe voluto sapere tutto. Ci sono persone che inseguono anche per tutta la vita il volto della propria madre, del proprio padre.

Ilaria era convinta che il peso della genetica nello sviluppo di una vita fosse pressoché nullo. Per lei le cose importanti erano l'educazione, l'ambiente, il modo di crescere. Io non condividevo questa sua idea, per me i due fattori andavano di pari passo: metà l'ambiente, metà ciò che abbiamo dentro di noi fin dalla nascita.

Fino a che non sei andata a scuola non ho avuto nessun problema, non ti interrogavi mai su tuo padre e io mi guardavo bene dal parlartene. Con l'ingresso nelle elementari, grazie alle compagne e a quei temi malefici che davano le maestre, improvvisamente ti sei accorta che nella tua vita di tutti i giorni mancava qualcosa. Nella tua classe c'erano naturalmente molti figli di separati, situazioni irregolari, ma nessuno, riguardo al padre, aveva quel vuoto totale che avevi tu. Come potevo spiegarti, all'età di sei anni, di sette, quello che aveva fatto tua madre? E poi, in fondo, anch'io non ne sapevo niente, tranne che eri stata concepita laggiù, in Turchia. Così, per inventare una storia appena un po' credibile, ho sfruttato l'unico dato certo, il paese d'origine.

Avevo comprato un libro di fiabe orientali e ogni sera te ne leggevo una. Sulla base di quelle, ne avevo inventata una apposta per te, te la ricordi ancora? Tua madre era una principessa e tuo padre un principe della

Mezzaluna. Come tutti i principi e le principesse si amavano al punto tale da essere pronti a morire uno per l'altro. Di questo amore però a corte molti erano invidiosi. Il più invidioso di tutti era il Gran Visir, un uomo potente e malefico. Era stato proprio lui a scagliare un sortilegio terribile sulla principessa e sulla creatura che portava in grembo. Per fortuna il principe era stato avvertito da un servo fedele e così tua madre di notte, vestita con i panni di una contadina, aveva lasciato il castello e si era rifugiata quassù, nella città dove tu hai visto la luce.

«Sono figlia di un principe?» mi chiedevi allora con occhi raggianti. «Certo», ti rispondevo io, «però è un segreto segretissimo, un segreto che non devi dire a nessuno.» Cosa speravo di fare con quella bizzarra bugia? Niente, solo regalarti qualche anno in più di serenità. Sapevo che un giorno avresti smesso di credere alla mia stupida fiaba. Sapevo anche che quel giorno, molto probabilmente, avresti cominciato a detestarmi. Tuttavia mi era assolutamente impossibile non raccontartela. Anche raccogliendo tutto il mio poco coraggio, non sarei mai riuscita a dirti: «Ignoro chi sia tuo padre, forse lo ignorava persino tua madre».

Erano gli anni della liberazione sessuale, l'attività erotica veniva considerata come una normale funzione del corpo: andava fatta ogni volta che se ne aveva voglia, un giorno con uno, un giorno con l'altro. Ho visto comparire al fianco di tua madre decine di giovanotti, non ne ricordo uno solo che sia durato più di un mese. Da questa precarietà amorosa Ilaria, già instabile di per sé, era rimasta travolta più di altri. Anche se non le ho mai impedito nulla, né mai l'ho criticata in alcun modo, ero piuttosto turbata da questa improvvisa libertà nei costumi. Non era tanto la promiscuità a colpirmi, quanto il grande impoverimento dei sentimenti. Caduti i divieti e l'unicità della persona, era caduta anche la passione. Ilaria e le sue amiche mi sembravano delle ospiti di un banchetto afflitte da un forte raffreddore, per educazione mangiavano tutto quello che veniva loro offerto senza però sentirne il gusto: carote, arrosti e bigné per loro avevano lo stesso sapore.

Nella scelta di tua madre c'entrava certo la nuova libertà di costumi, ma forse c'era anche lo zampino di qualcos'altro. Quante cose sappiamo del funzionamento della mente? Molte, ma non tutte. Chi può dire allora se lei, in qualche luogo oscuro dell'inconscio, non abbia intuito che quell'uomo che le stava davanti non era suo padre? Molte inquietudini, molte instabilità non le venivano forse da questo? Finché lei era piccola, finché era adolescente e ragazza non mi sono mai posta questa domanda, la finzione in cui l'avevo fatta crescere era perfetta. Ma quando è tornata da quel viaggio, con la pancia di tre mesi, allora tutto mi è tornato in mente. Non si sfugge alla falsità, alle bugie. O meglio, si può sfuggire per un po', poi, quando meno ce lo si aspetta, riaffiorano, non sono più docili come nel momento in cui le hai dette, apparentemente innocue, no; nel periodo di lontananza si sono trasformate in orribili mostri, in orchi mangiatutto. Le scopri e, un secondo dopo, vieni travolto, divorano te e tutto quello che ti sta intorno con un'avidità tremenda. Un giorno, a dieci anni, sei tornata da scuola piangendo. «Bugiarda!» mi hai detto e subito ti sei chiusa nella tua stanza. Avevi scoperto la menzogna della fiaba.

Bugiarda potrebbe essere il titolo della mia autobiografia. Da quando sono nata ho detto una sola bugia.

Con essa ho distrutto tre vite.

## 4 dicembre

La merla è ancora davanti a me sul tavolo. Ha un po'
meno appetito dei giorni scorsi. Invece di chiamarmi
senza sosta, sta ferma al suo posto, non sporge più la
testa dal buco della scatola, vedo spuntare appena le
piume della sommità del capo. Questa mattina, nonostante il freddo, sono andata al vivaio con i signori
Razman. Sono rimasta indecisa fino all'ultimo momento, la temperatura era tale da scoraggiare persino un or-
so e poi, in una nicchia scura del mio cuore, c'era una
voce che mi diceva che te ne importa di piantare altri
fiori? Ma mentre formavo il numero dei Razman per
disdire l'impegno, ho visto dalla finestra i colori spenti
del giardino e mi sono pentita del mio egoismo. Forse
io non vedrò un'altra primavera, ma tu altre ne vedrai
di certo.

   Che disagio in questi giorni! Quando non scrivo,
mi aggiro per le stanze senza trovare pace in nessun posto. Non c'è una sola attività, delle poche che sono in
grado di fare, che mi consenta di avvicinarmi a uno stato di quiete, di distogliere per un attimo i pensieri dai
ricordi tristi. Ho l'impressione che il funzionamento
della memoria somigli un po' a quello del congelatore.
Hai in mente quando tiri fuori un cibo lasciato a lungo
là dentro? All'inizio è rigido come una mattonella non

ha odore, non ha sapore, è coperto da una patina bianca; appena lo metti sul fuoco, però, piano piano riprende la sua forma il suo colore, riempie la cucina del suo aroma. Così i ricordi tristi sonnecchiano per tanto tempo in una delle innumerevoli caverne del ricordo, stanno lì anche per anni, per decenni, per tutta una vita. Poi, un bel giorno, tornano in superficie, il dolore che li aveva accompagnati è di nuovo presente, intenso e pungente come lo era quel giorno di tanti anni fa.

Ti stavo raccontando di me, del mio segreto. Ma per raccontare una storia bisogna partire dall'inizio, e l'inizio sta nella mia giovinezza, nell'isolamento un po' anomalo nel quale ero cresciuta e continuavo a vivere. Ai miei tempi, l'intelligenza per una donna era una dote assai negativa ai fini del matrimonio; per i costumi dell'epoca una moglie non doveva essere altro che una fattrice statica e adorante. Una donna che facesse domande, una moglie curiosa, inquieta, era l'ultima cosa da augurarsi. Per questo la solitudine della mia giovinezza è stata veramente grande. A dire il vero, verso i diciotto-vent'anni, dato che ero carina e anche piuttosto benestante, avevo nugoli di spasimanti intorno a me. Appena dimostravo di saper parlare però, appena aprivo loro il cuore con i pensieri che vi si agitavano dentro, intorno a me si formava il vuoto. Naturalmente avrei anche potuto stare zitta e fingermi quello che non ero ma purtroppo – o per fortuna – nonostante l'educazione avuta una parte di me era ancora viva e quella parte si rifiutava di mostrarsi falsa.

Terminato il liceo, come sai, non proseguii gli studi perché mio padre si oppose. Si trattò di una rinuncia molto difficile per me. Proprio per questo ero assetata di sapere. Appena un giovanotto dichiarava di studiare medicina lo bersagliavo di domande, volevo sapere tutto. Così facevo anche con i futuri ingegneri, con i futuri avvocati. Questo mio comportamento disorientava molto, sembrava che mi interessasse più l'attività che la persona, e così forse era effettivamente. Quando parlavo con le mie amiche, con le mie compagne di scuola, avevo la sensazione di appartenere a mondi distanti anni luce. Il grande spartiacque tra me e loro era la malizia femminile. Tanto io ne ero completamente priva, altrettanto loro l'avevano sviluppata alla massima potenza. Dietro l'apparente arroganza, dietro l'apparente sicurezza, gli uomini sono estremamente fragili, ingenui; hanno al loro interno delle leve molto primitive, basta premerne una per farli cadere nella padella come pesciolini fritti. Io l'ho capito abbastanza tardi, ma le mie amiche lo sapevano già allora, a quindici anni, a sedici.

Con talento naturale accettavano bigliettini o li respingevano, ne scrivevano di un tono o dell'altro, davano appuntamenti e non ci andavano, o ci andavano molto tardi. Durante i balli, strusciavano la parte giusta del corpo e, strusciandosi, guardavano l'uomo negli occhi con l'espressione intensa delle giovani cerbiatte. Questa è la malizia femminile, queste sono le lusinghe che portano al successo con gli uomini. Ma io, capisci, ero come una patata, non capivo assolutamente niente di ciò che mi succedeva intorno. Anche se ti può sembrare strano, c'era un profondo senso di lealtà in me e questa lealtà mi diceva che mai e poi mai avrei potuto imbrogliare un uomo. Pensavo che un giorno avrei trovato un giovanotto con il quale avrei potuto parlare fino a notte fonda senza mai stancarmi; parlando e parlando ci saremmo accorti di vedere le cose nello stesso modo, di provare le stesse emozioni. Allora sarebbe nato l'amore, sarebbe stato un amore basato sull'amicizia, sulla stima, non sulla facilità dell'inghippo.

Volevo un'amicizia amorosa e in questo ero molto virile, virile nel senso antico. Era il rapporto paritario, credo, che incuteva terrore ai miei corteggiatori. Così, lentamente, mi ero ridotta al ruolo che di solito spetta alle brutte. Ero piena di amici, ma erano amicizie a senso unico; venivano da me soltanto per confessarmi le loro pene d'amore. Una dopo l'altra, le mie compagne si sposavano. A un certo punto della mia vita mi sembra di non aver fatto altro che andare a matrimoni. Alle mie coetanee nascevano i bambini e io ero sempre la zia nubile, vivevo a casa con i miei genitori ormai quasi rassegnata a restare signorina in eterno. «Ma cosa mai avrai nella testa», diceva mia madre, «possibile che Tizio non ti piaccia e neppure Caio?» Per loro era evidente che le difficoltà che incontravo con l'altro sesso derivavano dalla bizzarria del mio carattere. Mi dispiaceva? Non lo so.

In verità, non sentivo dentro di me un ardente desiderio di famiglia. L'idea di mettere al mondo un figlio mi provocava una certa diffidenza. Avevo sofferto troppo da bambina e temevo di far soffrire altrettanto una creatura innocente. Inoltre, pur vivendo ancora a casa, ero completamente indipendente, padrona di ogni ora delle mie giornate. Per guadagnare un po' di soldi davo ripetizioni di greco e di latino, le mie materie preferite. A parte questo, non avevo altri impegni, potevo passare pomeriggi interi alla biblioteca comunale senza dover rendere conto a nessuno, potevo andare in montagna tutte le volte che ne avevo voglia.

Insomma la mia vita, rispetto a quella delle altre donne, era libera e avevo molta paura di perdere questa libertà. Eppure tutta questa libertà, questa apparente felicità, col passare del tempo la sentivo sempre più falsa, più forzata. La solitudine, che all'inizio mi era sembrata un privilegio, cominciava a pesarmi. I miei genitori stavano diventando vecchi, mio padre aveva avuto un colpo apoplettico e camminava male. Tutti i giorni, tenendolo a braccetto, lo accompagnavo a comprare il giornale, avrò avuto ventisette o ventott'anni. Vedendo la mia immagine riflettersi assieme alla sua nelle vetrine, ad un tratto, mi sono sentita vecchia anch'io e ho capito che corso stava prendendo la mia vita: di lì a poco lui sarebbe morto, mia madre l'avrebbe seguito, sarei rimasta sola in una grande casa piena di libri, per passare il tempo mi sarei messa forse a ricamare oppure a fare acquerelli e gli anni sarebbero volati via uno dopo l'altro. Finché una mattina qualcuno, preoccupato dal non vedermi da un po' di giorni, avrebbe chiamato i pompieri, i pompieri avrebbero sfondato la porta e avrebbero trovato il mio corpo disteso sul pavimento. Ero morta e ciò che restava di me non era molto diverso dalla carcassa secca che resta a terra quando muoiono gli insetti.

Sentivo il mio corpo di donna sfiorire senza avere vissuto e questo mi dava una grande tristezza. E poi mi sentivo sola, molto sola. Da quando ero nata non avevo mai avuto nessuno con cui parlare, con cui parlare davvero, intendo. Certo ero molto intelligente, leggevo molto, come diceva mio padre, alla fine, con un certo orgoglio: «Olga non si sposerà mai perché ha troppa testa». Ma tutta questa supposta intelligenza non portava da nessuna parte, non ero capace, chessò, di partire per un grande viaggio, di studiare in profondità qualcosa. Per il fatto di non aver frequentato l'università mi sentivo le ali tarpate. In realtà la causa della mia inettitudine, della incapacità a far fruttare le doti, non veniva da questo. In fondo Schliemann aveva scoperto Troia da autodidatta, no? Il mio freno era un altro, il piccolo

morto dentro, ricordi? Era lui che mi frenava, era lui
che mi impediva di andare avanti. Stavo ferma e aspettavo. Cosa? Non ne avevo la minima idea.

Il giorno in cui venne Augusto la prima volta a casa
nostra era caduta la neve. Lo ricordo perché la neve da
queste parti cade di rado e perché, proprio a causa della
neve, quel giorno il nostro ospite era arrivato a pranzo
in ritardo. Augusto, come mio padre, si occupava del-
l'importazione del caffè. Era venuto a Trieste per trat-
tare la vendita della nostra azienda. Dopo il colpo apoplettico mio padre, privo di eredi maschi, aveva deciso
di liberarsi della ditta per trascorrere gli ultimi anni in
pace. Al primo impatto Augusto mi era sembrato molto
antipatico. Veniva dall'Italia, come si diceva da noi e,
come tutti gli italiani aveva una leziosità che trovavo
irritante. È strano ma succede spesso che persone importanti della nostra vita, a prima vista non piacciano
per niente. Dopo pranzo mio padre si era ritirato a ri-
posare e io ero stata lasciata in salotto a tenere compagnia all'ospite in attesa che giungesse il momento per
lui di prendere il treno. Ero seccatissima. In quell'ora
o poco più che siamo rimasti assieme l'ho trattato con
sgarberia. A ogni sua domanda rispondevo con un monosillabo, se lui stava zitto, stavo zitta anch'io. Quando, sulla porta, mi ha detto: «Allora la saluto, signorina», gli ho offerto la mano con lo stesso distacco con
cui una nobildonna la concede a un uomo di rango in-
feriore.

«Per essere un italiano è simpatico il signor Augusto», aveva detto la sera a cena mia madre. «È una persona onesta», aveva risposto mio padre. «Ed è anche
bravo in affari.» A quel punto indovina cos'è successo?
La mia lingua è partita da sola: «E non ha la fede al

dito!» ho esclamato con vivacità improvvisa. Quando mio padre ha risposto: «Infatti, poverino, è vedovo», ero già rossa come un peperone e in profondo imbarazzo con me stessa.

Due giorni dopo, di ritorno da una lezione, trovai nell'ingresso un pacco dalla carta argentata. Era il primo pacco che ricevevo nella mia vita. Non riuscivo a capire chi mai me l'avesse mandato. Infilato sotto la carta c'era un biglietto. *Conosce questi dolci?* Sotto c'era la firma di Augusto.

La sera, con quei dolci sul comodino, non riuscivo a prendere sonno. Li avrà mandati per cortesia verso mio padre, mi dicevo, e intanto mangiavo un marzapane dietro l'altro. Tre settimane dopo tornò a Trieste, «per affari» disse durante il pranzo, ma invece di ripartire subito, come l'altra volta, si fermò un po' in città. Prima di congedarsi chiese a mio padre il permesso di portarmi a fare un giro in macchina e mio padre, senza neppure interpellarmi, glielo concesse. Girammo tutto il pomeriggio per le strade della città, lui parlava poco, mi chiedeva notizie dei monumenti e poi stava in silenzio ad ascoltarmi. Mi ascoltava, questo per me era un vero miracolo.

La mattina in cui partì mi fece recapitare un mazzo di rose rosse. Mia madre era tutta agitata, io fingevo di non esserlo ma per aprire il biglietto e leggerlo attesi parecchie ore. In breve tempo le sue visite divennero settimanali. Tutti i sabati veniva a Trieste e tutte le domeniche ripartiva per la sua città. Ti ricordi cosa faceva il Piccolo Principe per addomesticare la volpe? Andava tutti i giorni davanti alla sua tana e aspettava che lei uscisse. Così, piano piano, la volpe imparò a conoscerlo e a non avere paura. Non solo, imparò anche a emozionarsi alla vista di tutto ciò che le ricordava il suo piccolo amico. Sedotta dallo stesso tipo di tattica, anch'io aspettandolo cominciavo ad agitarmi già dal giovedì. Il processo di addomesticamento era iniziato. Di lì a un mese tutta la mia vita ruotava intorno all'attesa del fine settimana. In poco tempo si era creata tra noi una grande confidenza. Con lui finalmente potevo parlare, apprezzava la mia intelligenza e il mio desiderio di sapere; io in lui apprezzavo la pacatezza, la disponibilità all'ascolto, quel senso di sicurezza e protezione che possono dare a una giovane donna gli uomini più grandi di età.

Ci sposammo con una cerimonia sobria il primo giugno del '40. Dieci giorni dopo l'Italia entrò in guerra. Per ragioni di sicurezza, mia madre si rifugiò in un paesino di montagna, in Veneto, mentre io, con mio marito, raggiunsi L'Aquila.

A te che hai letto la storia di quegli anni soltanto sui libri, che l'hai studiata invece di viverla, sembrerà strano che di tutti i tragici avvenimenti di quel periodo non abbia mai fatto cenno. C'era il fascismo, le leggi razziali, era scoppiata la guerra e io continuavo soltanto a occuparmi delle piccole infelicità personali, dei millimetrici spostamenti della mia anima. Non credere però che il mio atteggiamento fosse eccezionale, al contrario. Tranne una piccola minoranza politicizzata, tutti nella nostra città si sono comportati in questo modo. Mio padre, ad esempio, considerava il fascismo una pagliacciata. Quand'era a casa definiva il duce «quel venditore di cocomeri». Poi, però, andava a cena con i gerarchi e restava a parlare con loro fino a tardi. Allo stesso modo io trovavo assolutamente ridicolo e fastidioso andare al sabato italiano, marciare e cantare vestita con i colori di una vedova. Tuttavia ci andavo lo stesso, pensavo che fosse soltanto una seccatura alla quale bisognava sottoporsi per vivere tranquilli. Non è certo grandioso un comportamento del genere, ma è molto comune. Vivere tranquilli è una delle massime aspirazioni dell'uomo, lo era a quei tempi e probabilmente lo è anche adesso.

A L'Aquila andammo ad abitare nella casa della famiglia di Augusto, un grande appartamento al primo piano di un palazzo nobiliare del centro. Era arredato con mobili cupi, pesanti, la luce era scarsa, l'aspetto sinistro. Appena entrata mi sentii stringere il cuore. È qui che dovrò vivere mi chiesi, con un uomo che conosco da appena sei mesi, in una città in cui non ho neanche un amico? Mio marito capì subito lo stato di smarrimento in cui mi trovavo e per le prime due settimane fece tutto il possibile per distrarmi. Un giorno sì e un giorno no prendeva la macchina e andavamo a fare delle passeggiate sui monti dei dintorni. Avevamo entrambi una grande passione per le escursioni. Vedendo quelle montagne così belle, quei paesi arroccati sui cocuzzoli come nei presepi mi ero un po' rasserenata, in qualche modo mi sembrava di non aver lasciato il Nord, la mia casa. Continuavamo a parlare molto. Augusto amava la natura, gli insetti in particolare, e camminando mi spiegava un mucchio di cose. Gran parte del mio sapere sulle scienze naturali lo devo proprio a lui.

Al termine di quelle due settimane che erano state il nostro viaggio di nozze, lui riprese il lavoro e io cominciai la mia vita, sola nella grande casa. Con me c'era una vecchia domestica, era lei che si occupava delle principali faccende. Come tutte le mogli borghesi dovevo soltanto programmare il pranzo e la cena, per il resto non avevo niente da fare. Presi l'abitudine di uscire ogni giorno da sola a fare delle lunghe passeggiate. Percorrevo le strade avanti e indietro con passo furioso, avevo tanti pensieri in testa e tra tutti questi pensieri non riuscivo a fare chiarezza. Lo amo, mi chiedevo fermandomi all'improvviso, oppure è stato tutto un grande abbaglio? Quando stavamo seduti a tavola o la sera in salotto lo guardavo e guardandolo mi chiedevo: cosa provo? Provavo tenerezza, questo era certo, e anche lui sicuramente la provava per me. Ma era questo l'amore? Era tutto qui? Non avendo mai provato nient'altro non riuscivo a rispondermi.

Dopo un mese arrivarono le prime chiacchiere alle orecchie di mio marito. «La tedesca», avevano detto delle voci anonime, «va in giro da sola per le strade a tutte le ore.» Ero strabiliata. Cresciuta con delle abitudini diverse, non avrei mai potuto immaginare che delle innocenti passeggiate potessero dare scandalo. Augusto era dispiaciuto, capiva che per me la cosa era incomprensibile, tuttavia per la pace cittadina e il suo buon nome mi pregò lo stesso di interrompere le mie uscite solitarie. Dopo sei mesi di quella vita mi sentivo completamente spenta. Il piccolo morto dentro era diventato un morto enorme, agivo come un automa, avevo gli occhi opachi. Quando parlavo, sentivo le mie parole distanti come se uscissero dalla bocca di un altro. Intanto avevo conosciuto le mogli dei colleghi di Augusto e il giovedì mi incontravo con loro in un caffè del centro.

Benché fossimo pressappoco coetanee avevamo veramente poche cose da dirci. Parlavamo la stessa lingua ma questo era l'unico punto in comune.

Rientrato nel suo ambiente, in breve tempo Augusto cominciò a comportarsi come un uomo delle sue parti. Durante i pranzi stavamo ormai quasi in silenzio, quando mi sforzavo di raccontargli qualcosa rispondeva sì e no con un monosillabo. La sera poi andava spesso al circolo, quando rimaneva a casa si chiudeva nel suo studio a riordinare le collezioni di coleotteri. Il suo grande sogno era di scoprire un insetto che ancora non fosse noto a nessuno, così il suo nome si sarebbe tramandato per sempre nei libri di scienze. Io il nome l'avrei voluto tramandare in un altro modo, cioè con un figlio, ormai avevo trent'anni e sentivo il tempo scivolarmi alle spalle sempre più svelto. Da quel punto di vista le cose andavano molto male. Dopo una prima notte piuttosto deludente, non era successo molto altro. Avevo la sensazione che, più di ogni altra cosa, Augusto volesse trovare qualcuno a casa alle ore dei pasti, qualcuno da esibire con orgoglio la domenica in Duomo; della persona che c'era dietro a quell'immagine tranquillizzante sembrava non importargli un granché. Dov'era finito l'uomo piacevole e disponibile del corteggiamento? Possibile che l'amore dovesse finire in questo modo? Augusto mi aveva raccontato che gli uccelli in primavera cantano più forte per compiacere le femmine, per indurle a fare il nido assieme a loro. Aveva fatto anche lui così, una volta assicuratami al nido aveva smesso di interessarsi alla mia esistenza. Stavo lì, lo tenevo caldo e basta.

Lo odiavo? No, ti parrà strano ma non riuscivo a odiarlo. Per odiare qualcuno bisogna che ti ferisca, che ti faccia del male. Augusto non mi faceva niente, questo era il guaio. È più facile morire di niente che di dolore, al dolore ci si può ribellare, al niente no.

Quando sentivo i miei genitori naturalmente dicevo che andava tutto bene, mi sforzavo di fare la voce della giovane sposa felice. Erano sicuri di avermi lasciata in buone mani e non volevo incrinare questa loro sicurezza. Mia madre stava nascosta sempre in montagna, mio padre era rimasto solo nella villa di famiglia con una lontana cugina che lo accudiva. «Novità?» mi chiedeva una volta al mese e io regolarmente rispondevo no, ancora no. Ci teneva molto ad avere un nipotino, con la senilità gli era venuta una tenerezza che non aveva mai avuto prima. Lo sentivo un po' più vicino a me con questo cambiamento e mi dispiaceva deludere le sue aspettative. Allo stesso tempo, però, non avevo abbastanza confidenza per raccontargli i motivi di quella prolungata sterilità. Mia madre inviava lunghe lettere grondanti di retorica. Mia adorata figlia, scriveva in cima al foglio, e sotto elencava con minuzia tutte le poche cose che le erano successe quel giorno. Alla fine mi comunicava sempre di aver terminato ai ferri l'ennesimo completino per il nipote in arrivo. Intanto io mi accartocciavo su me stessa, ogni mattina guardandomi nello specchio mi trovavo più brutta. Ogni tanto la sera dicevo ad Augusto: «Perché non parliamo?» «Di cosa?» rispondeva lui senza sollevare gli occhi dalla lente con la quale stava esaminando un insetto. «Non so», dicevo io, «magari ci raccontiamo qualcosa.» Allora lui scuoteva il capo: «Olga», diceva, «tu hai proprio la fantasia malata».

È un luogo comune che i cani dopo una lunga convivenza con il padrone finiscano piano piano per assomigliargli. Avevo l'impressione che a mio marito stesse succedendo la stessa cosa, più passava il tempo più in tutto e per tutto somigliava a un coleottero. I suoi movimenti non avevano più nulla di umano, non erano fluidi ma geometrici, ogni gesto procedeva a scatti. E così la voce era priva di timbro, saliva con rumore metallico da qualche luogo imprecisato della gola. Si interessava degli insetti e del suo lavoro in modo ossessivo ma, oltre a quelle due cose, non c'era nient'altro che gli provocasse un benché minimo trasporto. Una volta, tenendolo sospeso tra le pinze, mi aveva mostrato un orribile insetto, mi pare si chiamasse grillo talpa. «Guarda che mandibole», mi aveva detto, «con queste può mangiare davvero di tutto.» La notte stessa l'avevo sognato in quella forma, era enorme e divorava il mio vestito da sposa come fosse cartone.

Dopo un anno abbiamo cominciato a dormire in stanze separate, lui stava alzato con i suoi coleotteri fino a tardi e non voleva disturbarmi, così almeno aveva detto. Raccontato così il mio matrimonio ti sembrerà qualcosa di straordinariamente terribile ma di straordinario non c'era proprio niente. I matrimoni, a quel tempo, erano quasi tutti così, dei piccoli inferni domestici in cui uno dei due prima o poi doveva soccombere.

Perché non mi ribellavo, perché non prendevo la mia valigia per tornare a Trieste?

Perché quella volta non c'era né la separazione, né il divorzio. Per rompere un matrimonio ci dovevano essere dei gravi maltrattamenti, oppure bisognava avere un temperamento ribelle, fuggire, andarsene per sempre raminga per il mondo. Ma la ribellione, come sai, non fa parte del mio carattere e Augusto con me non ha mai alzato non dico un dito, ma neanche la voce. Non mi ha mai fatto mancare niente. La domenica, tornando dalla messa, ci fermavamo alla pasticceria dei fratelli Nurzia e mi faceva comprare tutto ciò di cui avevo voglia. Non ti sarà difficile immaginare con quali sentimenti mi svegliavo ogni mattina. Dopo tre anni di matrimonio avevo un solo pensiero in mente ed era quello della morte.

Della sua moglie precedente Augusto non mi parlava mai, le rare volte che, con discrezione, l'avevo interrogato, aveva cambiato discorso. Con il tempo, camminando nei pomeriggi di inverno tra quelle stanze spettrali mi ero convinta che Ada – così si chiamava la pri-

ma moglie – non era morta di malattia o di disgrazia
ma si era suicidata. Quando la domestica era fuori passavo il mio tempo a svitare assi, a smontare i cassetti,
cercavo con furore una traccia, un segno che confer-
masse il mio sospetto. Un giorno di pioggia, nel sottofondo di un armadio, trovai dei vestiti da donna, erano
i suoi. Ne tirai fuori uno scuro e lo indossai, avevamo
la stessa taglia. Guardandomi allo specchio, cominciai a
piangere. Piangevo in modo sommesso, senza un sin-
ghiozzo, come chi sa già che il suo destino è segnato. In
un angolo della casa c'era un inginocchiatoio di legno
massiccio che era appartenuto alla madre di Augusto,
una donna molto devota. Quando non sapevo cosa fare
mi chiudevo in quella stanza e stavo per ore lì, con le
mani giunte. Pregavo? Non lo so. Parlavo o cercavo di
parlare con Qualcuno che supponevo stare più in alto
della mia testa. Dicevo, Signore fammi trovare la mia
via, se la mia via è questa aiutami a sopportarla. La fre-
quentazione abituale della chiesa – alla quale ero stata
costretta dal mio stato di moglie – mi aveva spinto a
pormi di nuovo tante domande, domande che avevo sepolto dentro di me fin dall'infanzia. L'incenso mi stor-
diva e così la musica dell'organo. Ascoltando le Sacre
Scritture qualcosa vibrava debolmente dentro di me.
Quando però incontravo il parroco per la strada senza
i paramenti sacri, quando guardavo il suo naso a spugna
e gli occhi un po' porcini, quando ascoltavo le sue domande banali e irrimediabilmente false, non vibrava
più niente e mi dicevo ecco, non è che un imbroglio,
un modo per far sopportare alle menti deboli l'oppres-
sione nella quale si trovano a vivere. Ciononostante,
nel silenzio della casa, amavo leggere il Vangelo. Molte
parole di Gesù le trovavo straordinarie, mi infervorava-
no al punto da ripeterle più volte a voce alta.

La mia famiglia non era per niente religiosa, mio padre si considerava un libero pensatore e mia madre, convertita già da due generazioni, come ti ho già detto, frequentava la messa per puro e semplice conformismo sociale. Le rare volte che l'avevo interrogata sui fatti della fede mi aveva detto: «Non lo so, la nostra famiglia è senza religione». Senza religione. Questa frase ha avuto il peso di un macigno sulla fase più delicata della mia infanzia, quella in cui mi interrogavo sulle cose più grandi. C'era un specie di marchio di infamia in quelle parole, avevamo abbandonato una religione per abbracciarne un'altra verso la quale non nutrivamo il minimo rispetto. Eravamo traditori e come traditori per noi non c'era posto né in cielo né in terra, da nessuna parte.

Così, a parte i pochi aneddoti imparati dalle suore, fino a trent'anni, del sapere religioso non avevo conosciuto altro. Il regno di Dio sta dentro di voi, mi ripetevo camminando per la casa vuota. Lo ripetevo e cercavo di immaginarmi dove fosse. Vedevo il mio occhio come un periscopio scendere all'interno di me, scrutare le anse del corpo, le pieghe ben più misteriose della mente. Dove stava il regno di Dio? Non riuscivo a vederlo, c'era nebbia intorno al mio cuore, una nebbia pesante, non le colline verdeggianti e luminose che immaginavo essere il paradiso. Nei momenti di lucidità mi dicevo sto impazzendo, come tutte le zitelle e le vedove, lentamente, impercettibilmente, sono caduta nel delirio mistico. Dopo quattro anni di quella vita, distinguevo sempre più a fatica le cose false da quelle vere. Le campane del Duomo vicino battevano il tempo ogni quarto d'ora, per non sentirle o sentirle meno mi infilavo del cotone nelle orecchie.

Mi era presa l'ossessione che gli insetti di Augusto

non fossero affatto morti, di notte sentivo il crepitio delle loro zampe in giro per la casa, camminavano dappertutto, si arrampicavano sulla carta da parati, stridevano sulle piastrelle della cucina, strusciavano sui tappeti del salotto. Stavo lì a letto e trattenevo il fiato aspettando che da sotto lo spiraglio della porta entrassero nella mia stanza. Ad Augusto cercavo di nascondere questo mio stato. La mattina, con il sorriso sulle labbra, gli annunciavo ciò che avrei fatto per pranzo, continuavo a sorridere finché non era uscito dalla porta. Con lo stesso sorriso stereotipato lo accoglievo al ritorno.

Come il mio matrimonio, anche la guerra era al suo quinto anno, nel mese di febbraio le bombe erano cadute anche su Trieste. Durante l'ultimo attacco la casa della mia infanzia era stata completamente distrutta. L'unica vittima era stato il cavallo da calesse di mio padre, l'avevano trovato in mezzo al giardino privo di due zampe.

A quei tempi non c'era la televisione, le notizie viaggiavano in modo più lento. Che avevamo perso la casa l'ho saputo il giorno dopo, mi aveva telefonato mio padre. Già da come aveva detto «pronto» avevo capito che era accaduto qualcosa di grave, aveva la voce di una persona che da tempo ha smesso di vivere. Senza più un luogo mio dove tornare mi sentii davvero persa. Per due o tre giorni vagai per casa come in trance. Non c'era niente che riuscisse a scuotermi dal torpore, in un'unica sequenza, monotona e monocroma, vedevo svolgersi i miei anni uno dopo l'altro fino alla morte.

Sai qual è un errore che si fa sempre? Quello di credere che la vita sia immutabile, che una volta preso un binario lo si debba percorrere fino in fondo. Il destino invece ha molta più fantasia di noi. Proprio quando credi di trovarti in una situazione senza via di scampo, quando raggiungi il picco di disperazione massima, con la velocità di una raffica di vento tutto cambia, si stravolge, e da un momento all'altro ti trovi a vivere una nuova vita.

Due mesi dopo il bombardamento della casa, la guerra era finita. Io avevo subito raggiunto Trieste, mio padre e mia madre si erano già trasferiti in un appartamento provvisorio con altre persone. C'erano talmente tante cose pratiche di cui occuparsi che dopo solo una settimana mi ero quasi scordata degli anni passati a L'Aquila. Un mese più tardi era arrivato anche Augusto. Doveva riprendere in mano l'azienda acquistata da mio padre, in tutti quegli anni di guerra l'aveva lasciata in gestione e non aveva lavorato quasi per niente. E poi c'erano mio padre e mia madre senza più casa e ormai vecchi davvero. Con una rapidità che mi sorprese, Augusto decise di lasciare la sua città per trasferirsi a Trieste, comprò questo villino sull'altipiano e prima dell'autunno ci venimmo a vivere tutti assieme.

Contrariamente a tutte le previsioni, mia madre fu la prima ad andarsene, morì poco dopo l'inizio dell'estate. La sua tempra caparbia era rimasta minata da quel periodo di solitudine e di paura. Con la sua scomparsa si rifece vivo in me con prepotenza il desiderio di un figlio. Dormivo di nuovo con Augusto e nonostante questo tra noi, di notte, succedeva poco o niente. Passavo molto tempo seduta in giardino in compagnia di mio padre. Fu proprio lui, durante un pomeriggio assolato, a dirmi: «Al fegato e alle donne, le acque possono fare miracoli».

Due settimane più tardi Augusto mi accompagnò al treno per Venezia. Lì, nella tarda mattinata, avrei preso un altro treno per Bologna, e dopo aver cambiato

un'altra volta, verso sera sarei arrivata a Porretta Terme. A dire il vero credevo poco negli effetti delle terme, se avevo deciso di partire era soprattutto per un
grande desiderio di solitudine, sentivo il bisogno di stare in compagnia di me stessa in modo diverso da com'e-
ro stata negli anni passati. Avevo sofferto. Dentro di
me quasi ogni parte era morta, ero come un prato dopo
un incendio, tutto era nero, carbonizzato. Soltanto con
la pioggia, con il sole, con l'aria, quel poco che era rimasto sotto piano piano avrebbe potuto trovare l'energia per ricrescere.

## 10 dicembre

Da quando sei andata via non leggo più il giornale, non ci sei tu che lo compri e nessun altro me lo porta. All'inizio provavo un po' di disagio per questa mancanza ma poi, piano piano, il disagio si è trasformato in sollievo. Mi sono ricordata allora del padre di Isaac Singer. Tra tutte le abitudini dell'uomo moderno, diceva, la lettura dei quotidiani è una delle peggiori. Al mattino, nell'attimo in cui l'anima è più aperta, riversa nella persona tutto il male che il mondo ha prodotto nel giorno precedente. Ai suoi tempi non leggere i giornali bastava per salvarsi, oggi non è più possibile; ci sono la radio, la televisione, basta aprirle per un secondo perché il male ci raggiunga, ci entri dentro.

Così è successo questa mattina. Mentre mi vestivo ho sentito al notiziario regionale che hanno dato il permesso ai convogli di profughi di varcare la frontiera. Stavano lì fermi da quattro giorni, non li facevano andare avanti e non potevano più tornare indietro. A bordo c'erano vecchi, malati, donne sole con i loro bambini. Il primo contingente, ha detto lo speaker, ha già raggiunto il campo della Croce Rossa e ricevuti i primi generi di conforto. La presenza di una guerra così vicina e così primordiale provoca in me un grande turbamento. Da quando è scoppiata vivo come con una spina conficcata nel cuore. È un'immagine banale, ma nella sua banalità, rende bene la sensazione. Dopo un anno, al dolore si univa l'indignazione, mi pareva impossibile che nessuno intervenisse per porre fine a questo eccidio. Poi ho dovuto rassegnarmi: non ci sono pozzi di petrolio lì ma soltanto montagne pietrose. L'indignazione col tempo è diventata rabbia e questa rabbia continua a pulsare dentro di me come un tarlo testardo.

È ridicolo che alla mia età io resti ancora così colpita da una guerra. In fondo sulla terra se ne combattono decine e decine nello stesso giorno, in ottant'anni avrei dovuto formare qualcosa di simile a un callo, un'abitudine. Da quando sono nata l'erba alta e gialla del Carso è stata attraversata da profughi ed eserciti vittoriosi o allo sbando: prima le tradotte dei fanti della grande guerra con lo scoppio delle bombe sull'altipiano; poi lo sfilare dei reduci della campagna di Russia e di Grecia, gli eccidi fascisti e nazisti, le stragi delle foibe; e adesso, ancora una volta il rumore dei cannoni sulla linea di confine, questo esodo di innocenti in fuga dalla grande mattanza dei Balcani.

Qualche anno fa andando in treno da Trieste a Venezia ho viaggiato nello stesso scompartimento di una medium. Era una signora un po' più giovane di me con in testa un cappellino a focaccia. Non sapevo naturalmente che fosse una medium, l'ha svelato lei parlando con la sua vicina.

«Sa», le diceva mentre attraversavamo l'altipiano carsico, «se io cammino qua sopra sento tutte le voci dei morti, non posso fare due passi senza restare assordata. Tutti urlano in modo terribile, più sono morti giovani, più urlano forte.» Poi le spiegò che dove c'era stato un atto di violenza, nell'atmosfera restava qualcosa di alterato per sempre: l'aria diventa corrosa, non è

più compatta, e quella corrosione anziché per contrap-
passo scatenare sentimenti miti, favorisce il compiersi
di altri eccessi. Dove si è versato del sangue, insomma,
se ne verserà dell'altro e su quell'altro dell'altro ancora.
«La terra», aveva detto la medium finendo il discorso,
«è come un vampiro, appena assaggia del sangue ne
vuole di nuovo, di fresco, sempre di più.»

Per tanti anni mi sono chiesta se questo luogo dove
ci siamo trovate a vivere non covi in sé una maledizione, me lo sono chiesta e me lo continuo a chiedere senza riuscire a darmi una risposta. Ti ricordi quante volte
siamo andate assieme alla rocca di Monrupino? Nelle
giornate di bora trascorrevamo ore intere a osservare il
paesaggio, era un po' come stare su un aereo e guardare
sotto. La vista era a 360 gradi, facevamo a gara su chi
per prima identificava una cima delle Dolomiti, su chi
distingueva Grado da Venezia. Adesso che non mi è
più possibile andarci materialmente, per vedere lo stesso paesaggio devo chiudere gli occhi.

Grazie alla magia della memoria compare tutto davanti e intorno a me come se fossi sul belvedere della
rocca. Non manca niente, neppure il rumore del vento,
gli odori della stagione che ho scelto. Sto lì, guardo i
piloni di calcare erosi dal tempo, il grande spazio brullo
in cui si esercitano i carri armati, il promontorio scuro
dell'Istria tuffato nell'azzurro del mare, guardo tutte le
cose intorno e mi chiedo per l'ennesima volta, se c'è
una nota stridente, dov'è?

Amo questo paesaggio e quest'amore forse mi impedisce di risolvere la questione, l'unica cosa di cui sono certa è l'influsso dell'aspetto esterno sul carattere di
chi vive in questi luoghi. Se sono spesso così aspra e
brusca, se lo sei anche tu, lo dobbiamo al Carso, alla
sua erosione, ai suoi colori, al vento che lo sferza. Se

fossimo nate, chessò, tra le colline dell'Umbria, forse saremmo state più miti, l'esasperazione non avrebbe fatto parte del nostro temperamento. Sarebbe stato meglio? Non lo so, non si può immaginare una condizione che non si è vissuta.

Comunque una piccola maledizione oggi c'è stata, questa mattina, quando sono venuta in cucina, ho trovato la merla esanime tra i suoi stracci. Già negli ultimi due giorni aveva mostrato segni di malessere, mangiava meno e tra un'imboccata e l'altra s'assopiva spesso. Il decesso deve essere avvenuto poco prima dell'alba perché quando l'ho presa in mano la testa le ciondolava da una parte e dall'altra come se all'interno la molla si fosse rotta. Era leggera, fragile, fredda. L'ho accarezzata per un po' prima di avvolgerla in uno straccetto, volevo darle un po' di calore. Fuori cadeva un fitto nevischio, ho chiuso Buck in una stanza e sono uscita. Non ho più le energie per prendere la vanga e scavare, così ho scelto l'aiuola dalla terra più soffice. Con il piede ho fatto una piccola fossa, ho messo dentro la merla, l'ho ricoperta e prima di rientrare in casa ho detto la preghiera che ripetevamo sempre alla sepoltura dei nostri uccellini. «Signore accogli questa piccolissima vita, come hai accolto tutte le altre.»

Ti ricordi quand'eri bambina, quanti ne abbiamo soccorsi e tentato di salvare? Dopo ogni giornata di vento ne trovavamo uno ferito, erano fringuelli, cince, passeri, merli, una volta persino un crociere. Facevamo di tutto per risanarli ma le nostre cure non sortivano quasi mai esito felice, da un giorno all'altro, senza nessun segno premonitore, li trovavamo morti. Che tragedia allora quel giorno, anche se era già accaduto tante volte restavi comunque turbata. A sepoltura avvenuta ti asciugavi il naso e gli occhi con il palmo aperto, poi ti chiudevi nella tua stanza «a fare spazio».

Un giorno mi avevi chiesto come avremmo fatto a trovare la mamma, il cielo era così grande che era facilissimo perdersi. Ti avevo detto che il cielo era una specie di grande albergo, ognuno lassù aveva una stanza e in quella stanza tutte le persone che si erano volute bene, dopo la morte si trovavano di nuovo e stavano assieme per sempre. Per un po' questa mia spiegazione ti aveva rasserenata. Soltanto alla morte del tuo quarto o quinto pesce rosso eri tornata sull'argomento e mi avevi chiesto: «E se non c'è più spazio?» «Se non c'è spazio», ti avevo risposto, «bisogna chiudere gli occhi e dire per un minuto intero "stanza allargati". Allora, subito la stanza diventava più grande.»

Conservi ancora nella memoria queste immagini infantili oppure la tua corazza le ha mandate in esilio? Io me ne sono ricordata solo oggi mentre seppellivo la merla. Stanza allargati, che bella magia! Certo che tra la mamma, i criceti, i passeri, i pesci rossi, la tua stanza deve essere già affollata come gli spalti di uno stadio. Presto ci andrò anch'io, mi vorrai nella tua stanza o ne dovrò prendere in affitto una accanto? Potrò invitare la prima persona che ho amato, potrò finalmente farti conoscere il tuo vero nonno?

Che cosa ho pensato, che cosa ho immaginato in quella sera di settembre, scendendo dal treno alla stazione di Porretta? Assolutamente niente. Si sentiva l'odore dei castagni nell'aria e la mia prima preoccupazione era stata quella di trovare la pensione nella quale avevo prenotato una stanza. Allora ero ancora molto ingenua, ignoravo l'incessante lavorio del destino, se avevo una convinzione era soltanto quella che le cose accadessero unicamente grazie all'uso buono o meno buono della mia volontà. Nell'istante in cui avevo posato i piedi e la valigia sulla pensilina, la mia volontà si era azzerata, non volevo niente, o meglio volevo una sola cosa, starmene in pace.

Tuo nonno l'ho incontrato già la prima sera, mangiava nella sala da pranzo della mia pensione assieme a un'altra persona. A parte un vecchio signore, non c'erano altri ospiti. Stava discutendo in modo piuttosto infervorato di politica, il tono della sua voce mi ha dato subito fastidio. Durante la cena l'ho fissato un paio di volte con un'espressione piuttosto seccata. Che sorpresa il giorno dopo quando ho scoperto che era proprio lui il medico delle terme! Per una decina di minuti mi ha fatto domande sul mio stato di salute, al momento di spogliarmi mi è successa una cosa molto imbarazzante, ho cominciato a sudare come se stessi facendo un grande sforzo. Ascoltandomi il cuore ha esclamato: «Ollalà, che spavento!» ed è scoppiato a ridere in maniera piuttosto indisponente. Appena ha cominciato a premere il manometro della pressione, la colonnina di mercurio è subito schizzata ai valori massimi. «Soffre di ipertensione?» mi ha chiesto allora. Ero furibonda con me stessa, cercavo di ripetermi cosa c'è da spaventarsi tanto, è solo un medico che fa il suo lavoro, non è normale né serio che io mi agiti in questo modo. Però, per quanto lo ripetessi, non riuscivo a calmarmi. Sulla porta, dandomi il foglio con le cure, mi ha stretto la mano. «Si riposi, prenda fiato», ha detto, «altrimenti neanche le acque potranno niente.»

La sera stessa, dopo cena, è venuto a sedersi al mio tavolo. Il giorno seguente già passeggiavamo assieme chiacchierando per le strade del paese. Quella vivacità irruenta che all'inizio tanto mi aveva irritato, adesso cominciava a incuriosirmi. In tutto quello che diceva c'era passione, trasporto, era impossibile stargli vicino e non sentirsi contagiati dal calore che emanava ogni sua frase, dal calore del suo corpo.

Tempo fa ho letto su un giornale che, secondo le ultime teorie, l'amore non nasce dal cuore ma dal naso. Quando due persone si incontrano e si piacciono cominciano a inviarsi dei piccoli ormoni di cui non ricordo il nome, questi ormoni entrano dal naso e salgono fino al cervello e lì, in qualche meandro segreto, scatenano la tempesta dell'amore. I sentimenti insomma, concludeva l'articolo, non sono nient'altro che delle invisibili puzze. Che assurda sciocchezza! Chi nella vita ha provato l'amore vero, quello grande e senza parole, sa che queste affermazioni non sono altro che l'ennesimo tiro mancino per cacciare il cuore in esilio. Certo, l'odore della persona amata provoca grandi turbamenti. Ma per provocarli, prima ci deve essere stato qualcos'altro, qualcosa che, sono sicura è molto diverso da una semplice puzza.

Stando vicina a Ernesto in quei giorni per la prima volta nella mia vita ho avuto la sensazione che il mio corpo non avesse confini. Intorno sentivo una sorta di alone impalpabile, era come se i contorni fossero più ampi e quest'ampiezza vibrasse nell'aria a ogni movimento. Sai come si comportano le piante quando non le innaffi per qualche giorno? Le foglie diventano molli, invece di levarsi verso la luce cascano in basso come le orecchie di un coniglio depresso. Ecco, la mia vita negli anni precedenti era stata proprio simile a quella di una pianta senz'acqua, la rugiada della notte mi aveva dato il nutrimento minimo per sopravvivere ma a parte quello non ricevevo altro, avevo la forza per stare in piedi e basta. È sufficiente bagnare la pianta una sola volta perché questa si riprenda, perché tiri su le foglie. Così era successo a me la prima settimana. Sei giorni dopo il mio arrivo, guardandomi la mattina allo specchio mi sono accorta di essere un'altra. La pelle era più liscia, gli occhi più luminosi, mentre mi vestivo ho cominciato a cantare, non l'avevo più fatto da quando ero bambina.

Sentendo la storia dall'esterno forse ti verrà naturale pensare che sotto quell'euforia ci fossero delle domande, un'inquietudine, un tormento. In fondo ero una donna sposata, come potevo accettare a cuor leggero la compagnia di un altro uomo? Invece non c'era nessuna domanda, nessun sospetto e non perché fossi particolarmente spregiudicata. Piuttosto perché quello che vivevo riguardava il corpo, soltanto il corpo. Ero come un cucciolo che dopo aver vagato a lungo per le strade d'inverno trova una tana calda, non si domanda niente, sta lì e gode del tepore. Inoltre la stima che avevo del mio fascino femminile era molto bassa, di conseguenza non mi sfiorava neanche l'idea che un uomo potesse provare per me quel tipo di interesse.

La prima domenica, andando a messa a piedi, Ernesto si è accostato alla guida di un'auto. «Dove va?» mi ha chiesto sporgendosi dal finestrino e non appena gliel'ho detto lui ha aperto la portiera dicendo: «Mi creda, Dio è molto più contento se invece di andare in chiesa viene a fare una bella passeggiata nei boschi». Dopo lunghi giri e molte curve siamo arrivati all'inizio di un sentiero che si inoltrava tra i castagni. Io non avevo le scarpe giuste per camminare su una strada sconnessa, inciampavo in continuazione. Quando Ernesto mi ha preso la mano, mi è sembrata la cosa più naturale del mondo. Abbiamo camminato a lungo in silenzio. Nell'aria c'era già l'odore dell'autunno, la terra era umida, sugli alberi molte foglie erano gialle, la luce, passando attraverso, si smorzava in tonalità diverse. A un certo punto, in mezzo alla radura, abbiamo incontrato un castagno enorme. Ricordandomi della mia quercia gli sono andata incontro, prima l'ho accarezzato con una mano, poi vi ho posato una guancia sopra. Subito dopo Ernesto ha posato la testa accanto alla mia. Da quando ci eravamo conosciuti non eravamo mai stati così vicini con gli occhi.

Il giorno seguente non l'ho voluto vedere. L'amicizia si stava trasformando in qualcos'altro e avevo bisogno di riflettere. Non ero più una ragazzina ma una donna sposata con tutte le sue responsabilità, anche lui era sposato e per di più aveva un figlio. Da lì alla vecchiaia avevo ormai previsto tutta la mia vita, il fatto che irrompesse qualcosa che non avevo calcolato mi metteva addosso una grande ansia. Non sapevo come comportarmi. Il nuovo al primo impatto spaventa, per riuscire ad andare avanti bisogna superare questa sensazione di allarme. Così un momento pensavo: «È una grande sciocchezza, la più grande della mia vita, devo dimenticare tutto, cancellare quel poco che c'è stato». Il momento dopo mi dicevo che la sciocchezza più grande sarebbe stata proprio quella di lasciar perdere perché per la prima volta da quando ero bambina mi sentivo di nuovo viva, tutto vibrava intorno a me, dentro a me, mi sembrava impossibile dover rinunciare a questo nuovo stato. Oltre a ciò naturalmente avevo un sospetto, quel sospetto che hanno o perlomeno avevano tutte le donne: cioè che lui mi prendesse in giro, che volesse divertirsi e basta. Tutti questi pensieri si agitavano nella mia testa mentre stavo da sola in quella triste stanza di pensione.

Quella notte non riuscii a prendere sonno fino alle quattro, ero troppo eccitata. La mattina dopo però non mi sentivo per niente stanca, vestendomi cominciai a cantare; in quelle poche ore era nata in me una tremenda voglia di vivere. Al decimo giorno di permanenza mandai una cartolina ad Augusto: *Aria ottima, cibo mediocre. Speriamo*, avevo scritto e l'avevo salutato con un abbraccio affettuoso. La notte prima l'avevo trascorsa con Ernesto.

In quella notte all'improvviso mi ero accorta di una cosa, e cioè che tra la nostra anima e il nostro corpo ci sono tante piccole finestre, da lì, se sono aperte, passano le emozioni, se sono socchiuse filtrano appena, solo l'amore le può spalancare tutte assieme e di colpo, come una raffica di vento.

Nell'ultima settimana del mio soggiorno a Porretta siamo stati sempre assieme, facevamo lunghe passeggiate, parlavamo fino ad avere la gola secca. Com'erano diversi i discorsi di Ernesto da quelli di Augusto! Tutto in lui era passione, entusiasmo, sapeva entrare negli argomenti più difficili con una semplicità assoluta. Parlavamo spesso di Dio, della possibilità che, oltre la realtà tangibile, esistesse qualcos'altro. Lui aveva fatto la Resistenza, più di una volta aveva visto la morte in faccia. In quegli istanti gli era nato il pensiero di qualcosa di superiore, non per la paura ma per il dilatarsi della coscienza in uno spazio più ampio. «Non posso seguire i riti», mi diceva, «non andrò mai in un luogo di culto, non potrò mai credere ai dogmi, alle storie inventate da altri uomini come me.» Ci rubavamo le parole di bocca, pensavamo le stesse cose, le dicevamo allo stesso modo, sembrava che ci conoscessimo da anni anziché da due settimane.

Ci restava poco tempo ancora, le ultime notti non abbiamo dormito più di un'ora, ci assopivamo il tempo minimo per riprendere le forze. Ernesto era molto appassionato all'argomento della predestinazione. «Nella vita di ogni uomo», diceva, «esiste solo una donna assieme alla quale raggiungere l'unione perfetta e, nella vita di ogni donna, esiste un solo uomo assieme al quale essere completa.» Trovarsi però era un destino di pochi, di pochissimi. Tutti gli altri erano costretti a vivere in uno stato di insoddisfazione, di nostalgia perpetua. «Quanti incontri ci saranno così», diceva nel buio della stanza, «uno su diecimila, uno su un milione, su dieci milioni?» Uno su dieci milioni, sì. Tutti gli altri sono aggiustamenti, simpatie epidermiche, transitorie, affinità fisiche o di carattere, convenzioni sociali. Dopo queste considerazioni non faceva altro che ripetere: «Come siamo stati fortunati, eh? Chissà cosa c'è dietro, chi lo sa?»

Il giorno della partenza, aspettando il treno nella minuscola stazione, mi ha abbracciato e mi ha bisbigliato in un orecchio: «In quale vita ci siamo già conosciuti?» «In tante», gli ho risposto io, e ho cominciato a piangere. Nascosto nella borsetta avevo il suo recapito di Ferrara.

Inutile che ti descriva i miei sentimenti in quelle lunghe ore di viaggio, erano troppo convulsi, troppo «l'un contro l'altro armati». Sapevo, in quelle ore, di dover effettuare una metamorfosi, andavo avanti e indietro dalla toilette per controllare l'espressione del mio volto. La luce negli occhi, il sorriso, dovevano andare via, spegnersi. A conferma della bontà dell'aria doveva restare soltanto il colorito delle guance. Sia mio padre che Augusto mi trovarono straordinariamente migliorata. «Sapevo che le acque fanno miracoli», ripeteva mio padre in continuazione mentre Augusto, cosa per lui quasi incredibile, mi circondava di piccole galanterie.

Quando anche tu proverai l'amore per la prima volta capirai quanto vari e buffi possano essere i suoi effetti. Fino a che non sei innamorata, fino a che il tuo cuore è libero e il tuo sguardo di nessuno, di tutti gli uomini che ti potrebbero interessare, neppure uno ti degna di attenzione; poi, nel momento in cui sei presa da un'unica persona e non ti importa assolutamente niente degli altri, tutti ti inseguono, dicono parole dolci, ti fanno la corte. È l'effetto delle finestre di cui parlavo prima, quando sono aperte il corpo dà una gran luce all'anima e così l'anima al corpo, con un sistema di specchi si illuminano l'un l'altro. In breve tempo si forma intorno a te una specie di alone dorato e caldo e quest'alone attira gli altri uomini come il miele attira gli orsi. Augusto non era sfuggito a quell'effetto e anch'io, anche se ti parrà strano, non trovavo difficoltà a essere gentile con lui. Certo, se Augusto fosse stato soltanto un po' più dentro alle cose del mondo, un po' più malizioso, non ci avrebbe messo molto per capire cos'era successo. Per la prima volta da quando eravamo sposati mi sono trovata a ringraziare i suoi orripilanti insetti.

Pensavo a Ernesto? Certo, non facevo praticamente altro. Pensare però non è il termine esatto. Più che pensare, esistevo per lui, lui esisteva in me, in ogni gesto, in ogni pensiero eravamo una sola persona. Lasciandoci, ci eravamo accordati che la prima a scrivere sarei stata io; perché lui potesse farlo, dovevo prima trovare un indirizzo di un'amica fidata alla quale farmi mandare le lettere. La prima lettera gliela inviai alla vigilia dei morti. Il periodo che seguì fu il più terribile di tutta la nostra relazione. Neanche gli amori più grandi, i più assoluti, nella lontananza sono esenti dal dubbio. La mattina aprivo gli occhi di colpo quando fuori era ancora buio e restavo immobile e in silenzio vicino ad Augusto. Erano gli unici momenti in cui non dovevo nascondere i miei sentimenti. Ripensavo a quelle tre settimane. E se Ernesto, mi chiedevo, fosse stato soltanto un seduttore, uno che per noia alle terme si divertiva con le signore sole? Più passavano i giorni e non arrivava la lettera più questo sospetto si trasformava in certezza. Va bene, mi dicevo allora, anche se è andata così, anche se mi sono comportata come la più ingenua delle donnette, non è stata un'esperienza negativa né inutile. Se non mi fossi lasciata andare sarei invecchiata e morta senza mai sapere cosa può provare una donna. In qualche modo, capisci, cercavo di mettere le mani avanti, di attutire il colpo.

Sia mio padre che Augusto notarono il mio peggioramento d'umore: scattavo per un nonnulla, appena uno di loro entrava in una stanza io uscivo per andare in un'altra, avevo bisogno di stare sola. Ripassavo in continuazione le settimane trascorse assieme, le esaminavo con frenesia minuto per minuto per trovare un indizio, una prova che mi spingesse definitivamente in un senso o nell'altro. Quanto durò questo supplizio? Un mese e mezzo, quasi due. La settimana prima di Natale, a casa dell'amica che faceva da tramite finalmente arrivò la lettera, cinque pagine scritte con una calligrafia grande e ariosa.

Tornai improvvisamente di buon umore. Tra scrivere e attendere le risposte l'inverno volò via e così la primavera. Il pensiero fisso di Ernesto alterava la mia percezione del tempo, tutte le mie energie erano concentrate su un futuro imprecisato, sul momento in cui avrei potuto rivederlo.

La profondità della sua lettera mi aveva resa ormai sicura del sentimento che ci legava. Il nostro era un

amore grande, grandissimo e, come tutti gli amori davvero grandi, era anche in buona misura lontano dall'accadere degli eventi strettamente umani. Forse ti sembrerà strano che la lunga lontananza non provocasse in
noi una grande sofferenza e forse dire che non soffrivamo affatto non è esattamente vero. Sia io che Ernesto
soffrivamo per la forzata distanza, ma era una sofferenza mista ad altri sentimenti, dietro l'emozione dell'attesa il dolore scivolava in secondo piano. Eravamo due
persone adulte e sposate, sapevamo che le cose non potevano andare in modo diverso. Probabilmente se tutto
ciò fosse avvenuto ai nostri giorni, dopo neanche un
mese io avrei chiesto la separazione da Augusto e lui
l'avrebbe chiesta da sua moglie e già prima di Natale
avremmo abitato nella stessa casa. Sarebbe stato meglio? Non lo so. In fondo non riesco a togliermi dalla
mente l'idea che la facilità dei rapporti banalizzi l'amore, che trasformi l'intensità del trasporto in passeggera
infatuazione. Lo sai come succede quando, nelle torte,
mescoli male il lievito nella farina? Il dolce invece di
alzarsi in modo uniforme si alza solo da una parte, più
che alzarsi esplode, la pasta si rompe e cola dallo stampo come lava. Così è l'unicità della passione. Traborda.

Avere un amante a quei tempi, e riuscire a vederlo,
non era una cosa molto semplice. Per Ernesto certo era
già più facile, essendo medico poteva sempre inventare
un convegno, un concorso, qualche caso urgente, ma
per me che oltre a quella della casalinga non avevo nessun'altra attività era quasi impossibile. Dovevo inven-
tarmi un impegno, qualcosa che mi consentisse assenze
di poche ore o anche di giorni senza destare nessun sospetto. Così prima di Pasqua mi iscrissi a una società di
latinisti dilettanti. Si riunivano una volta alla settimana
e facevano frequenti gite culturali. Conoscendo la mia

passione per le lingue antiche Augusto non sospettò nulla né trovò niente da ridire, anzi era contento che riprendessi gli interessi di una volta.

L'estate quell'anno arrivò in un baleno. A fine giugno, come ogni anno, Ernesto partì per la stagione alle terme e io per il mare assieme a mio padre e a mio marito. In quel mese riuscii a convincere Augusto che non avevo smesso di desiderare un figlio. Il trentun agosto di buon'ora, con la stessa valigia e lo stesso vestito dell'anno precedente, mi accompagnò a prendere il treno per Porretta. Durante il viaggio per l'eccitazione non riuscii a stare ferma un istante, dal finestrino vedevo lo stesso paesaggio che avevo visto l'anno prima eppure tutto mi sembrava diverso.

Mi fermai alle terme tre settimane, in quelle tre settimane vissi di più e più profondamente che in tutto il resto della mia vita. Un giorno, mentre Ernesto era al lavoro, passeggiando per il parco pensai che la cosa più bella in quell'istante sarebbe stata morire. Pare strano ma la felicità massima, coma la massima infelicità porta con sé sempre questo desiderio contraddittorio. Avevo la sensazione di essere in cammino da tanto tempo, di avere marciato per anni e anni per strade sterrate, per la boscaglia; per andare avanti mi ero aperta un cunicolo con l'accetta, avanzavo e di quello che mi stava intorno – oltre a ciò che stava davanti ai miei piedi – non avevo visto niente; non sapevo dove stavo andando, poteva esserci un baratro davanti a me, una forra, una grande città o il deserto; poi a un tratto la boscaglia si era aperta, senza accorgermene ero salita in alto. All'improvviso mi trovavo sulla cima di un monte, da poco era sorto il sole e davanti a me con sfumature diverse altri monti degradavano verso l'orizzonte; tutto era blu azzurrino, una brezza leggera sfiorava

la vetta, la vetta e la mia testa, la mia testa e i pensieri
dentro. Ogni tanto da sotto saliva un rumore, l'abbaia-
re di un cane, lo scampanio di una chiesa. Ogni cosa
era a un tempo stranamente leggera e intensa. Dentro
e fuori di me tutto era diventato chiaro, niente più si
sovrapponeva, niente si faceva ombra, non avevo più
voglia di scendere, di andare giù nella boscaglia; volevo
tuffarmi in quell'azzurrino e restarci per sempre, lasciare la vita nel momento più alto. Conservai quel pensiero fino alla sera, al momento di rivedere Ernesto. Durante la cena però non ebbi il coraggio di dirglielo, avevo paura che si sarebbe messo a ridere. Soltanto la sera
tardi, quando mi raggiunse nella mia stanza, quando
venne e mi abbracciò, avvicinai la bocca al suo orecchio
per parlargli. Volevo dirgli: «Voglio morire». Invece sai
cosa dissi? «Voglio un figlio.»

Quando lasciai Porretta sapevo di essere incinta.
Credo che anche Ernesto lo sapesse, negli ultimi giorni
era molto turbato, confuso, stava spesso zitto. Io non
lo ero affatto. Il mio corpo aveva cominciato a modifi-
carsi fin dal mattino seguente al concepimento, il seno
era improvvisamente più gonfio, più sodo, la pelle del
viso più luminosa. È davvero incredibile il poco tempo
che il fisico impiega ad adeguarsi al nuovo stato. Per
questo posso dirti che, anche se non avevo fatto le analisi, anche se la pancia era ancora piatta, sapevo benissimo cosa era successo. All'improvviso mi sentivo invasa
da una grande solarità, il mio corpo si modificava, cominciava a espandersi, a divenire possente. Prima di allora non avevo mai provato niente di simile.

I pensieri gravi mi assalirono soltanto quando rima-
si sola in treno. Finché ero stata vicina a Ernesto non
avevo avuto nessun dubbio sul fatto che avrei tenuto il
bambino: Augusto, la mia vita di Trieste, le chiacchiere

della gente, tutto era lontanissimo. A quel punto però tutto quel mondo si stava avvicinando, la rapidità con cui la gravidanza sarebbe andata avanti mi imponeva di prendere delle decisioni al più presto e – una volta prese – di mantenerle per sempre. Capii subito, paradossalmente, che abortire sarebbe stato molto più difficile che tenere il figlio. Ad Augusto un aborto non sarebbe sfuggito. Come potevo giustificarlo ai suoi occhi dopo che per tanti anni avevo insistito sul desiderio di avere un figlio? E poi io non volevo abortire, quella creatura che mi cresceva dentro non era stato uno sbaglio, qualcosa da eliminare al più presto. Era il compiersi di un desiderio, forse il desiderio più grande e più intenso di tutta la mia vita.

Quando si ama un uomo – quando lo si ama con la totalità del corpo e dell'anima – la cosa più naturale è desiderare un figlio. Non si tratta di un desiderio intelligente, di una scelta basata su criteri di razionalità. Prima di conoscere Ernesto immaginavo di volere un figlio e sapevo esattamente perché lo volevo e quali sarebbero stati i pro e i contro dell'averlo. Era una scelta razionale insomma, volevo un figlio perché avevo una certa età ed ero molto sola, perché ero una donna e se le donne non fanno niente, almeno possono fare i figli. Capisci? Nell'acquistare una macchina avrei adottato esattamente lo stesso criterio.

Ma quando quella notte ho detto a Ernesto: «Voglio un figlio», era qualcosa di assolutamente diverso tutto il buon senso andava contro questa decisione eppure questa decisione era più forte di tutto il buon senso. E poi, in fondo, non era neanche una decisione, era una frenesia, un'avidità di possesso perpetuo. Volevo Ernesto dentro di me, con me, accanto a me per sempre. Adesso, leggendo come mi sono comportata, probabilmente rabbrividirai per l'orrore, ti domanderai come mai non ti sei accorta prima che nascondevo dei lati così bassi, così spregevoli. Quando sono arrivata alla stazione di Trieste ho fatto l'unica cosa che potevo fare, sono scesa dal treno come una moglie tenera e innamoratissima. Augusto è rimasto subito colpito dal mio cambiamento, invece di farsi domande si è lasciato coinvolgere.

Dopo un mese era ormai plausibilissimo che quel figlio fosse suo. Il giorno in cui gli annunciai il risultato delle analisi lasciò l'ufficio a metà mattina e passò tutta la giornata con me a progettare cambiamenti in casa per l'arrivo del bambino. Quando avvicinando la mia testa alla sua gli gridai la notizia, mio padre prese le mie mani tra le sue mani secche e stette così, fermo per un po', mentre gli occhi gli diventavano umidi e rossi. Già da tempo la sordità l'aveva escluso da gran parte della vita e i suoi ragionamenti procedevano a scossoni, tra una frase e l'altra c'erano vuoti improvvisi, scarti o spezzoni di ricordi che non c'entravano niente. Non so perché ma davanti a quelle sue lacrime, invece di commozione provai un sottile senso di fastidio. Vi leggevo dentro retorica e non altro. La nipotina, comunque, non riuscì a vederla. Morì nel sonno senza soffrire quando ero al sesto mese di gravidanza. Vedendolo composto nella bara fui colpita da quanto fosse rinsecchito e decrepito. Sul viso aveva la stessa espressione di sempre, distante e neutra.

Naturalmente, dopo aver ricevuto il responso delle analisi, scrissi anche a Ernesto; la sua risposta arrivò in meno di dieci giorni. Aspettai alcune ore prima di aprire la lettera, ero molto agitata, temevo ci fosse dentro qualcosa di sgradevole. Mi decisi a leggere il contenuto solo nel tardo pomeriggio, per poterlo fare liberamente mi chiusi nel gabinetto di un caffè. Le sue parole erano pacate e ragionevoli. «Non so se questa sia la cosa migliore da farsi», diceva, «ma se tu hai deciso così, rispetto la tua decisione.»

Da quel giorno, appianati ormai tutti gli ostacoli, cominciò la mia tranquilla attesa di madre. Mi sentivo un mostro? Lo ero? Non lo so. Durante la gravidanza e per molti degli anni che sono seguiti non ho mai avuto un dubbio né un rimorso. Come facevo a fingere di amare un uomo mentre nel ventre portavo il figlio di un altro che amavo davvero? Ma vedi, in realtà le cose non sono mai così semplici, non sono mai o nere o bianche, ogni tinta porta in sé tante sfumature diverse. Non facevo nessuna fatica a essere gentile e affettuosa con Augusto perché gli volevo davvero bene. Gliene volevo in modo molto diverso da come lo volevo a Ernesto, lo amavo non come una donna ama un uomo, ma come una sorella ama un fratello maggiore un po' noioso. Se lui fosse stato cattivo tutto sarebbe stato diverso, non mi sarei mai sognata di fare un figlio e vivergli accanto, ma lui era soltanto mortalmente metodico e prevedibile; a parte questo, nel profondo era gentile e buono. Era felice di avere quel figlio e io ero felice di darglielo. Per quale motivo avrei dovuto svelargli il segreto? Nel farlo avrei precipitato tre vite nell'infelicità permanente. Così almeno pensavo quella volta. Adesso che c'è libertà di movimento, di scelta, può sembrare davvero orribile quello che ho fatto, ma allora – quando mi sono trovata a vivere questa situazione – era un caso molto comune, non dico che ce ne fosse uno in ogni coppia ma certo era piuttosto frequente che una donna concepisse un figlio con un altro uomo nell'ambito di un matrimonio. E cosa succedeva? Quel che è successo a me assolutamente niente. Il bambino nasce-

va, cresceva uguale agli altri fratelli, diventava grande
senza che lo sfiorasse mai neppure un sospetto. La famiglia a quei tempi aveva fondamenta saldissime, per
distruggerla ci voleva molto più di un figlio diverso.
Così andò con tua madre. Nacque e fu subito figlia mia
e di Augusto. La cosa più importante per me era che
Ilaria fosse il frutto dell'amore e non del caso, delle
convenzioni o della noia; pensavo che questo avrebbe
eliminato qualsiasi altro problema. Come mi sbagliavo!

Nei primi anni comunque tutto è andato avanti in
modo naturale, senza scossoni. Vivevo per lei, ero – o
credevo di essere – una madre molto affettuosa e attenta. Già dalla prima estate avevo preso l'abitudine di
passare i mesi più caldi assieme alla bambina sulla rivie-
ra adriatica. Avevamo preso una casa in affitto e ogni
due o tre settimane Augusto veniva a passare il sabato
e la domenica con noi.

Su quella spiaggia Ernesto vide sua figlia per la prima volta. Naturalmente fingeva di essere un perfetto
estraneo, durante la passeggiata camminava «per caso»
vicino a noi, prendeva un ombrellone a pochi passi di
distanza e da lì – quando non c'era Augusto – dissimu-
lando la sua attenzione dietro un libro o un giornale ci
osservava per ore. La sera poi mi scriveva lunghe lettere registrando tutto quello che gli era passato per la testa, i suoi sentimenti per noi, quello che aveva visto.
Intanto anche a sua moglie era nato un altro figlio, lui
aveva lasciato l'impiego stagionale delle terme e aveva
aperto nella sua città, a Ferrara, uno studio medico pri-
vato. Nei primi tre anni di Ilaria, a parte quegli incontri fintamente casuali, non ci siamo mai visti. Io ero
molto presa dalla bambina, ogni mattina mi svegliavo
con la gioia di sapere che lei c'era, anche volendo non
avrei potuto dedicarmi a nient'altro.

Poco prima di lasciarci, durante l'ultimo soggiorno alle terme Ernesto e io avevamo stabilito un patto. «Ogni sera», aveva detto Ernesto, «alle undici in punto, in qualsiasi luogo mi trovi e in qualsiasi situazione, uscirò all'aperto e nel cielo cercherò Sirio. Tu farai altrettanto e così i nostri pensieri, anche se saremo lontanissimi, anche se non ci saremo visti da tempo e ignoreremo tutto uno dell'altra, si ritroveranno lassù e staranno vicini.» Poi eravamo usciti sul balcone della pensione e da lì salendo con il dito tra le stelle, tra Orione e Betelgeuse, mi aveva mostrato Sirio.

## 12 dicembre

Questa notte sono stata svegliata all'improvviso da un rumore, ci ho messo un po' per capire che era il telefono. Quando mi sono alzata aveva già fatto parecchi squilli, ha smesso di suonare non appena l'ho raggiunto. Ho sollevato la cornetta lo stesso, con la voce incerta del sonno ho detto due o tre volte «pronto». Invece di tornare a letto mi sono seduta nella poltrona lì accanto. Eri tu? Chi altro poteva essere? Quel suono nel silenzio notturno della casa mi aveva scosso. Mi è venuta in mente la storia che mi aveva raccontato una mia amica alcuni anni prima. Aveva il marito in ospedale da tempo. A causa della rigidità degli orari il giorno in cui è morto lei non ha potuto essergli accanto. Affranta dal dolore per averlo perso in quel modo, la prima notte non era riuscita a dormire, stava lì nel buio quando all'improvviso aveva suonato il telefono. Era rimasta sorpresa, possibile che qualcuno le telefonasse per le condoglianze a quell'ora? Mentre avvicinava la mano al ricevitore era stata colpita da un fatto strano, dall'apparecchio si levava un alone di luce tremolante. Appena aveva risposto la sorpresa si era trasformata in terrore. C'era una voce lontanissima dall'altra parte del filo, parlava a fatica: «Marta», diceva tra sibili e rumori di fondo, «volevo salutarti prima di andarmene...» Era la voce di suo marito. Finita questa frase c'era stato per un istante un rumore forte di vento, subito dopo la linea si era interrotta ed era calato il silenzio.

Quella volta avevo compatito la mia amica per lo stato di profondo turbamento nel quale si trovava: l'idea che i morti per comunicare scegliessero i mezzi più moderni mi sembrava quanto meno bizzarra. Tuttavia quella storia deve avere lasciato lo stesso una traccia nella mia emotività. In fondo in fondo, molto in fondo, nella parte di me più ingenua e più magica forse anch'io spero che prima o poi nel cuore della notte qualcuno mi telefoni per salutarmi dall'Aldilà. Ho seppellito mia figlia, mio marito e l'uomo che più di tutti amavo al mondo. Sono morti, non ci sono più, tuttavia continuo a comportarmi come fossi sopravvissuta a un naufragio. La corrente mi ha portato in salvo su un'isola, non so più niente dei miei compagni, li ho persi di vista nel momento stesso in cui la barca si è ribaltata, potrebbero essere affogati – lo sono quasi per certo – ma potrebbero anche non esserlo. Nonostante siano trascorsi mesi e anni, continuo a scrutare le isole vicine in attesa di uno sbuffo, di un segnale di fumo, qualcosa che confermi il mio sospetto che vivano ancora tutti con me sotto lo stesso cielo.

La notte in cui è morto Ernesto sono stata svegliata all'improvviso da un forte rumore. Augusto ha acceso la luce e ha esclamato: «Chi è?» Nella stanza non c'era nessuno, niente era fuori posto. Soltanto la mattina aprendo la porta dell'armadio mi sono accorta che all'interno erano crollate tutte le mensole, calze, sciarpe e mutande erano precipitate le une sulle altre.

Adesso posso dire «la notte in cui è morto Ernesto». Quella volta però non lo sapevo, avevo appena ricevuto una sua lettera, non potevo neanche lontanamente immaginare che cosa fosse successo. Ho pensato unicamente che l'umidità avesse marcito i sostegni dei ripiani e che per il troppo peso avessero ceduto. Ilaria aveva quattro anni, da poco aveva cominciato ad andare all'asilo, la mia vita con lei e con Augusto si era ormai assestata in una tranquilla quotidianità. Quel pomeriggio, dopo la riunione dei latinisti, andai in un caffè a scrivere a Ernesto. Da lì a due mesi ci sarebbe stato un raduno a Mantova, era l'occasione che aspettavamo da tanto tempo per rivederci. Prima di rientrare a casa imbucai la lettera e dalla settimana dopo cominciai ad attendere la risposta. Non ricevetti la sua lettera la settimana seguente e neppure nelle settimane successive. Non mi era mai capitato di attendere tanto tempo. In principio pensai a qualche disguido postale, poi che forse si era ammalato e non aveva potuto andare allo studio a ritirare la posta. Un mese dopo gli scrissi un breve biglietto e anche quello rimase senza risposta. Con il passare dei giorni iniziai a sentirmi come una casa nelle cui fondamenta si è infiltrato un corso d'acqua. All'inizio era un corso sottile, discreto, lambiva appena le strutture di cemento ma poi, con il passare del tempo, si era fatto più grosso, più impetuoso, sotto la sua forza il cemento era diventato sabbia, anche se la casa stava ancora in piedi, anche se all'apparenza tutto era normale, io sapevo che non era vero, sarebbe bastato un urto anche minimo per far crollare la facciata e tutto il resto, per farla sedere su di sé come un castello di carte.

Quando partii per il convegno ero appena l'ombra di me stessa. Dopo aver fatto atto di presenza a Mantova andai dritta a Ferrara, lì cercai di capire cosa fosse successo. Allo studio non rispondeva nessuno, guardando dalla strada si vedevano delle imposte sempre chiuse. Al secondo giorno andai in una biblioteca e chiesi di consultare i giornali dei mesi precedenti. Lì in un trafiletto trovai scritto tutto. Tornando la notte da una visita a un malato aveva perso il controllo dell'auto ed era andato a sbattere contro un grande platano, la morte era giunta quasi subito. Il giorno e l'ora corrispondevano esattamente a quelle del crollo del mio armadio.

Una volta su una di quelle rivistacce che mi porta ogni tanto la signora Razman ho letto nella rubrica delle stelle che alle morti violente presiede Marte nell'ottava casa. Secondo quello che diceva l'articolo, chi nasce con questa configurazione di stelle è destinato a non morire sereno nel proprio letto. Chissà se nel cielo di Ernesto e di Ilaria brillava quel sinistro accoppiamento. A più di vent'anni di distanza padre e figlia se ne sono andati nello stesso identico modo, sbattendo con l'auto contro un albero.

Dopo la morte di Ernesto scivolai in un esaurimento profondissimo. Tutt'a un tratto mi ero resa conto che la luce di cui avevo brillato negli ultimi anni non veniva dal mio interno, era soltanto riflessa. La felicità, l'amore per la vita che avevo provato in realtà non mi appartenevano veramente, avevo soltanto funzionato come uno specchio. Ernesto emanava luce e io la riflettevo. Scomparso lui tutto era tornato opaco. La vista di Ilaria non mi provocava più gioia ma irritazione, ero talmente scossa che giunsi persino a dubitare che fosse davvero figlia di Ernesto. Questo cambiamento non le sfuggì, con le sue antenne di bambina sensibile si accorse della mia ripulsa, divenne capricciosa, prepotente. Ormai era lei la pianta giovane e vitale, io il vecchio albero pronto a venire soffocato. Fiutava i miei sensi di colpa come un segugio, li usava per arrivare più in alto.

La casa era diventata un piccolo inferno di battibecchi e strilli.

Per sollevarmi di quel peso Augusto assunse una donna affinché si occupasse della bambina. Per un po' aveva provato ad appassionarla agli insetti, ma dopo tre o quattro tentativi – visto che lei ogni volta urlava «che schifo!» – lasciò perdere. All'improvviso i suoi anni vennero fuori, più che il padre di sua figlia sembrava il nonno, con lei era gentile ma distante. Quando passavo davanti alla specchiera anch'io mi vedevo molto invecchiata, dai miei lineamenti traspariva una durezza che non c'era mai stata prima. Trascurarmi era un modo per manifestare il disprezzo che provavo per me stessa. Tra la scuola e la donna di servizio avevo ormai molto tempo libero. L'inquietudine mi spingeva a passarlo per lo più in movimento, prendevo la macchina e andavo avanti e indietro per il Carso, guidavo in una specie di trance.

Ripresi alcune delle letture religiose che avevo fatto durante la mia permanenza a L'Aquila. Tra quelle pagine cercavo con furore una risposta. Camminando ripetevo tra me e me la frase di sant'Agostino per la morte della madre: «Non rattristiamoci di averla persa, ma ringraziamo di averla avuta».

Un'amica mi aveva fatto incontrare due o tre volte il suo confessore, da quegli incontri uscivo ancora più sconsolata di prima. Le sue parole erano dolciastre, inneggiavano alla forza della fede come se la fede fosse un genere alimentare in vendita nel primo negozio sulla strada. Non riuscivo a farmi una ragione della perdita di Ernesto, la scoperta di non possedere una luce mia rendeva ancora più difficili i tentativi di trovare una risposta. Vedi, quando lo avevo incontrato, quando era nato il nostro amore, all'improvviso mi ero convinta che tutta la mia vita fosse risolta, ero felice di esistere, felice di tutto ciò che assieme a me esisteva, mi sentivo arrivata al punto più alto del mio cammino, al punto più stabile, ero certa che da lì niente e nessuno sarebbe riuscito a smuovermi. Dentro di me c'era la sicurezza un po' orgogliosa delle persone che hanno capito tutto. Per molti anni ero stata certa di aver percorso la strada con le mie gambe, invece non avevo fatto neanche un passo da sola. Anche se non me ne ero mai accorta, sotto di me c'era un cavallo, era stato lui a procedere nel cammino, non io. Nel momento in cui il cavallo è scomparso mi sono accorta dei miei piedi, di quanto fossero deboli volevo camminare e le caviglie cedevano, i passi che facevo erano i passi malfermi di un bambino molto piccolo o di un vecchio. Per un attimo ho pensato di aggrapparmi a un bastone qualsiasi: la religione poteva essere uno, un altro il lavoro. È un'idea che è durata pochissimo. Quasi subito ho capito che sarebbe stato l'ennesimo sbaglio. A quarant'anni non c'è più spazio per gli errori. Se a un tratto ci si trova nudi, bisogna avere il coraggio di guardarsi nello specchio così come si è. Dovevo cominciare tutto da capo. Già, ma da dove? Da me stessa. Tanto era facile dirlo, altrettanto era difficile farlo. Dov'ero io? Chi ero? Quand'era l'ultima volta che ero stata me stessa?

Te l'ho già detto, giravo per pomeriggi interi per l'altipiano. Alle volte, quando intuivo che la solitudine avrebbe peggiorato ancora di più il mio umore, scendevo giù in città, mischiata tra la folla facevo avanti e indietro le vie più note cercando un qualche tipo di sollievo. Ormai era come se avessi un lavoro, uscivo quando usciva Augusto e tornavo quando lui rientrava. Il medico che mi curava gli aveva detto che in certi esaurimenti era normale desiderare di muoversi tanto. Visto che in me non c'erano idee suicide, non c'era nessun rischio a lasciarmi correre in giro; correndo e correndo secondo lui, alla fine mi sarei calmata. Augusto aveva accettato le sue spiegazioni, non so se vi credesse davvero o in lui ci fosse soltanto ignavia e quieto vivere, comunque gli ero grata di quel suo tirarsi da parte, di quel non ostacolare la mia grande inquietudine.

Su una cosa comunque il medico aveva ragione, in quel grande esaurimento depressivo non avevo idee suicide. È strano ma era proprio così, neanche per un istante dopo la morte di Ernesto ho pensato di uccidermi, non credere che fosse Ilaria a trattenermi. Te l'ho detto, di lei in quel momento non me ne importava assolutamente niente. Piuttosto in qualche parte di me intuivo che quella perdita così improvvisa non era – non doveva, non poteva essere – fine a se stessa. C'era un senso là dentro, questo senso lo scorgevo davanti a me come un gradino gigante. Era lì perché lo superassi? Probabilmente sì, ma non riuscivo a immaginare cosa ci fosse dietro, cosa avrei visto una volta salita.

Un giorno con la macchina arrivai in un posto dove non ero mai stata prima. C'era una chiesetta con un piccolo cimitero intorno, ai lati delle colline coperte di boscaglia, sulla cima di una di queste s'intravedeva la sommità chiara di un castelliere. Poco più in là della chiesa c'erano due o tre case di contadini, galline razzolavano liberamente per la strada, un cane nero abbaiava. Sul cartello c'era scritto Samatorza. Samatorza, il suono somigliava a solitudine, il posto giusto dove raccogliere i pensieri. Da lì partiva un sentiero sassoso, cominciai a camminare senza chiedermi dove mai portasse. Il sole stava già scendendo ma più andavo avanti meno avevo voglia di fermarmi, ogni tanto una ghiandaia mi faceva trasalire. C'era qualcosa che mi chiamava avanti, cosa fosse lo capii soltanto quando arrivai nello spazio aperto di una radura, quando vidi là in mezzo, placida e maestosa, con i rami aperti come braccia pronte ad accogliermi, una quercia enorme.

È buffo a dirlo ma appena l'ho vista il cuore ha cominciato a battere in modo diverso, più che battere frullava, sembrava un animaletto contento, alla stessa maniera batteva soltanto quando vedevo Ernesto. Mi sono seduta sotto, l'ho accarezzata, ho posato la schiena e la nuca sul suo tronco.

*Gnosei seauton*, così da ragazza avevo scritto sul frontespizio del mio quaderno di greco. Ai piedi della quercia quella frase sepolta nella memoria all'improvviso mi è tornata in mente. Conosci te stesso. Aria, respiro.

## 16 dicembre

Questa notte è caduta la neve, appena mi sono svegliata ho visto tutto il giardino bianco. Buck correva sul prato come pazzo, saltava, abbaiava, prendeva un ramo in bocca e lo lanciava in aria. Più tardi è venuta a trovarmi la signora Razman, abbiamo bevuto un caffè, mi ha invitato a trascorrere la sera di Natale assieme. «Cosa fa tutto il tempo?» mi ha domandato prima di andarsene. Ho sollevato le spalle. «Niente», le ho risposto, «un po' guardo la televisione, un po' penso.»

Di te non mi chiede mai niente, gira intorno all'argomento con discrezione ma dal tono della sua voce capisco che ti considera un'ingrata. «I giovani», dice spesso nel mezzo di un discorso «non hanno cuore, non hanno più il rispetto che avevano una volta.» Per non farla andare oltre annuisco, dentro di me però sono convinta che il cuore sia lo stesso di sempre, c'è solo meno ipocrisia, tutto qui. I giovani non sono naturalmente egoisti, così come i vecchi non sono naturalmente saggi. Comprensione e superficialità non appartengono agli anni ma al cammino che ognuno percorre. Da qualche parte che non ricordo, non molto tempo fa ho letto un motto degli indiani d'America che diceva: «Prima di giudicare una persona cammina per tre lune nei suoi mocassini». Mi è piaciuto talmente che per non dimenticarlo l'ho trascritto sul bloc-notes vicino al telefono. Viste dall'esterno molte vite sembrano sbagliate, irrazionali, pazze. Finché si sta fuori è facile fraintendere le persone, i loro rapporti. Soltanto da dentro, soltanto camminando tre lune con i loro mocassini si possono comprendere le motivazioni, i sentimenti, ciò che fa agire una persona in un modo piuttosto che in un altro. La comprensione nasce dall'umiltà non dall'orgoglio del sapere.

Chissà se infilerai le mie pantofole dopo aver letto questa storia? Spero di sì, spero che ciabatterai a lungo da una stanza all'altra, che farai più volte il giro del giardino, dal noce al ciliegio, dal ciliegio alla rosa, dalla rosa a quegli antipatici pini neri in fondo al prato. Lo spero, non per elemosinare la tua pietà, né per avere un'assoluzione postuma, ma perché è necessario per te, per il tuo futuro. Capire da dove si viene, cosa c'è stato dietro di noi è il primo passo per poter andare avanti senza menzogne.

Questa lettera avrei dovuto scriverla a tua madre, invece l'ho scritta a te. Se non l'avessi scritta per niente allora sì che la mia esistenza sarebbe stata davvero un fallimento. Fare errori è naturale, andarsene senza averli compresi vanifica il senso di una vita. Le cose che ci accadono non sono mai fini a se stesse, gratuite, ogni incontro, ogni piccolo evento racchiude in sé un significato, la comprensione di se stessi nasce dalla disponibilità ad accoglierli, dalla capacità in qualsiasi momento di cambiare direzione, lasciare la pelle vecchia come le lucertole al cambio di stagione.

Se quel giorno a quasi quarant'anni non mi fosse venuta in mente la frase del mio quaderno di greco, se lì non avessi messo un punto prima di andare di nuovo avanti, avrei continuato a ripetere gli stessi sbagli che avevo fatto fino a quell'istante. Per scacciare il ricordo di Ernesto avrei potuto trovare un altro amante e poi un altro e un altro ancora; nella ricerca di una sua copia, nel tentativo di ripetere quello che avevo già vissuto, ne avrei provati a decine. Nessuno sarebbe stato uguale all'originale e sempre più insoddisfatta sarei andata avanti, forse già vecchia e ridicola mi sarei contornata di giovanotti. Oppure avrei potuto odiare Augusto, in fondo anche a causa della sua presenza mi era stato impossibile prendere decisioni più drastiche. Capisci? Trovare scappatoie quando non si vuol guardare dentro se stessi è la cosa più facile al mondo. Una colpa esterna esiste sempre, è necessario avere molto coraggio per accettare che la colpa – o meglio la responsabilità – appartiene a noi soltanto. Eppure, te l'ho detto, questo è l'unico modo per andare avanti. Se la vita è un percorso, è un percorso che si svolge sempre in salita.

A quarant'anni ho capito da dove dovevo partire. Capire dove dovevo arrivare è stato un processo lungo, pieno di ostacoli ma appassionante. Sai, adesso dalla televisione, dai giornali, mi capita di vedere, di leggere tutto questo proliferare di santoni: è pieno di gente che da un giorno all'altro si mette a seguire i loro dettami. A me fa paura il dilagare di tutti questi maestri, le vie che propugnano per trovare la pace in sé, l'armonia universale. Sono le antenne di un grande smarrimento generale. In fondo – e neanche tanto in fondo – siamo alla fine di un millennio, anche se le date sono una pura convenzione intimorisce lo stesso, tutti si aspettano che succeda qualcosa di tremendo, vogliono essere pronti. Allora vanno dai santoni, si iscrivono a scuole per trovare se stessi e dopo un mese di frequenza sono già imbevuti dell'arroganza che contraddistingue i profeti, i falsi profeti. Che grande, ennesima, spaventosa menzogna!

L'unico maestro che esiste, l'unico vero e credibile è la propria coscienza. Per trovarla bisogna stare in silenzio – da soli e in silenzio – bisogna stare sulla nuda terra, nudi e senza nulla intorno come se si fosse già morti. In principio non senti niente, l'unica cosa che provi è terrore ma poi, in fondo, lontana, cominci a sentire una voce, è una voce tranquilla e forse all'inizio con la sua banalità ti irrita. È strano, quando ti aspetti di sentire le cose più grandi davanti a te compaiono le piccole. Sono così piccole e così ovvie che ti verrebbe da gridare: «Ma come, tutto qui?» Se la vita ha un senso – ti dirà la voce – questo senso è la morte, tutte le altre cose vorticano solo intorno. Bella scoperta, osserverai a questo punto, bella macabra scoperta, che si deve morire lo sa anche l'ultimo degli uomini. È vero, con il pensiero lo sappiamo tutti, ma saperlo con il pensiero è una cosa, saperlo con il cuore è un'altra, completamente diversa. Quando tua madre si scagliava contro di me con la sua arroganza le dicevo: «Mi fai male al cuore». Lei rideva. «Non essere ridicola», mi rispondeva, «il cuore è un muscolo, se non corri non può far male.»

Tante volte ho provato a parlarle quando era ormai abbastanza grande per capire, a spiegarle il percorso che mi aveva portato ad allontanarmi da lei. «È vero», le dicevo, «a un certo punto della tua infanzia ti ho trascurata, ho avuto una grave malattia. Se avessi continuato a occuparmi di te da malata forse sarebbe stato peggio. Adesso sto bene», le dicevo, «possiamo parlarne, discutere, ricominciare da capo.» Lei non voleva saperne, «adesso sono io a stare male», diceva e si rifiutava di parlare. Odiava la serenità che stavo raggiungendo, faceva tutto il possibile per incrinarla, per trascinarmi nei suoi piccoli inferni quotidiani. Aveva deciso che il suo stato era l'infelicità. Si era asserragliata in se stessa perché niente potesse offuscare l'idea che si era fatta della sua vita. Razionalmente, certo, diceva di voler essere felice, ma in realtà – nel profondo – a sedici, diciassette anni aveva già chiuso qualsiasi possibilità di cambiamento. Mentre io lentamente mi aprivo a una dimensione diversa lei stava lì immobile con le mani sulla testa e aspettava che le cose le cadessero sopra. La mia nuova tranquillità la irritava, quando vedeva i Vangeli sul mio comodino, diceva: «Di cosa ti devi consolare?»

Quando è morto Augusto non ha neanche voluto venire al suo funerale. Negli ultimi anni era stato colpito da una forma non lieve di arteriosclerosi, girava per casa parlando come un bambino e lei non lo sopportava. «Cosa vuole questo signore?» gridava non appena lui, ciabattando, compariva sulla porta di una stanza. Quando se ne è andato lei aveva sedici anni, da quando ne aveva quattordici non lo chiamava più papà. È morto in ospedale un pomeriggio di novembre. L'avevano ricoverato il giorno prima per un attacco di cuore. Ero nella stanza con lui, non aveva addosso il pigiama ma un camice bianco legato sulla schiena con dei lacci. Secondo i dottori il peggio era già passato.

L'infermiera aveva appena portato la cena quando lui, come se avesse visto qualcosa, si è alzato all'improvviso e ha fatto tre passi verso la finestra. «Le mani di Ilaria», ha detto con lo sguardo opaco, «così non ce l'ha nessun altro in famiglia», poi è tornato a letto ed è morto. Ho guardato fuori dalla finestra. Cadeva una pioggia sottile. Gli ho accarezzato la testa.

Per diciassette anni, senza mai far trasparire niente, si era tenuto quel segreto dentro.

È mezzogiorno, c'è il sole e la neve si sta sciogliendo. Sul prato davanti casa a chiazze compare l'erba gialla, dai rami degli alberi una dopo l'altra cadono gocce d'acqua. È strano, ma con la morte di Augusto mi sono resa conto che la morte in sé, da sola, non porta lo stesso tipo di dolore. C'è un vuoto improvviso – il vuoto è sempre uguale – ma è proprio in questo vuoto che prende forma la diversità del dolore. Tutto quello che non si è detto in questo spazio si materializza e si dilata, si dilata e si dilata ancora. È un vuoto senza porte, senza finestre, senza vie di uscita, ciò che resta lì sospeso ci resta per sempre, sta sulla tua testa, con te, intorno a te, ti avvolge e ti confonde come una nebbia spessa. Il fatto che Augusto sapesse di Ilaria e non me l'avesse mai detto mi aveva gettato in uno sconforto gravissimo. A quel punto avrei voluto parlargli di Ernesto, di cosa era stato per me, avrei voluto parlargli di Ilaria, avrei voluto discutere con lui di tantissime cose ma non era più possibile.

Adesso forse puoi capire ciò che ti ho detto all'inizio: i morti pesano non tanto per assenza quanto per ciò che – tra loro e noi – non è stato detto.

Come dopo la scomparsa di Ernesto, così anche dopo la scomparsa di Augusto avevo cercato conforto nella religione. Da poco avevo conosciuto un gesuita tedesco, aveva appena qualche anno più di me. Accortosi del mio disagio per le funzioni religiose, dopo qualche incontro mi propose di vederci in un luogo diverso dalla chiesa.

Siccome entrambi amavamo camminare, decidemmo di fare delle passeggiate assieme. Veniva a prendermi tutti i mercoledì pomeriggio con indosso gli scarponi e un vecchio zaino, la sua faccia mi piaceva molto, aveva il volto scavato e serio di un uomo cresciuto tra i monti. All'inizio il suo essere prete mi intimoriva, ogni cosa che gli raccontavo gliela raccontavo a metà, avevo paura di provocare scandalo, di attirarmi condanne, giudizi impietosi. Poi un giorno, mentre ci riposavamo seduti su una pietra mi disse: «Fa male a se stessa, sa. Soltanto a se stessa». Da quel momento smisi di mentire, gli aprii il cuore come dopo la scomparsa di Ernesto non l'avevo fatto con nessun altro. Parlando e parlando, molto presto mi dimenticai che avevo di fronte un uomo di chiesa. Contrariamente agli altri preti che avevo incontrato, non conosceva parole di condanna né di consolazione, tutto il dolciastro dei messaggi più scontati gli era estraneo. C'era una specie di durezza in lui che a prima vista poteva sembrare respingente. «Solo il dolore fa crescere», diceva, «ma il dolore va preso di petto, chi svicola o si compiange è destinato a perdere.»

Vincere, perdere, i termini guerreschi che impiegava servivano a descrivere una lotta silenziosa, tutta interiore. Secondo lui il cuore dell'uomo era come la terra, metà illuminato dal sole e metà in ombra. Neanche i santi avevano luce dappertutto. «Per il semplice fatto che c'è il corpo», diceva, «siamo comunque ombra, siamo come le rane, anfibi, una parte di noi vive quaggiù in basso e l'altra tende all'alto. Vivere è soltanto essere coscienti di questo, saperlo, lottare perché la luce non scompaia sopraffatta dall'ombra. Diffidi di chi è perfetto», mi diceva, «di chi ha le soluzioni pronte in tasca, diffidi di tutto tranne di quello che le dice il suo cuore.» Io lo ascoltavo affascinata, non avevo mai trovato nessuno che esprimesse così bene ciò che si agitava da tempo in me senza riuscire a venir fuori. Con le sue parole i miei pensieri prendevano una forma, a un tratto c'era una via davanti, percorrerla non mi sembrava più impossibile.

Ogni tanto nello zaino portava qualche libro che gli era particolarmente caro; quando ci fermavamo me ne leggeva dei passaggi con la sua voce chiara e severa. Assieme a lui ho scoperto le preghiere dei monaci russi, l'orazione del cuore, ho compreso i passi del Vangelo e della Bibbia che fino allora mi erano sembrati oscuri. In tutti gli anni passati dalla scomparsa di Ernesto avevo sì fatto un cammino interiore, ma era un cammino limitato alla conoscenza di me stessa. In quel cammino a un certo punto mi ero trovata davanti a un muro, sapevo che oltre quel muro la strada andava avanti più luminosa e più larga ma non sapevo come fare a superarlo. Un giorno, durante un acquazzone improvviso, ci riparammo nell'ingresso di una grotta. «Come si fa ad avere fede?» gli chiesi là dentro. «Non si fa, viene. Lei ce l'ha già ma il suo orgoglio le impedisce di ammetterlo, si pone troppe domande, dov'è semplice complica. In realtà ha soltanto una paura tremenda. Si lasci andare e ciò che ha da venire verrà.»

Da quelle passeggiate tornavo a casa sempre più confusa, più incerta. Era sgradevole, te l'ho detto, le sue parole mi ferivano. Tante volte ho avuto il desiderio di non vederlo più, il martedì sera mi dicevo adesso gli telefono, gli dico di non venire perché sto poco bene, invece non gli telefonavo. Il mercoledì pomeriggio l'attendevo puntuale sulla porta con lo zaino e gli scarponi.

Le nostre gite sono durate un po' più di un anno, da un giorno all'altro i suoi superiori lo rimossero dal suo incarico.

Ciò che ti ho detto ti potrà forse far pensare che padre Thomas fosse un uomo arrogante, che ci fosse veemenza o fanatismo nelle sue parole, nella sua visione del mondo. Invece non era così, nel profondo era la persona più pacata e mite che io abbia mai conosciuto, non era un soldato di Dio. Se un misticismo c'era nella sua personalità, era un misticismo tutto concreto, ancorato alle cose di tutti i giorni.

«Siamo qui, ora», mi ripeteva sempre.

Sulla porta mi ha consegnato una busta. Dentro c'era una cartolina con un paesaggio di pascoli montani. Il regno di Dio è dentro di voi, c'era stampato sopra in tedesco e sul retro, con la sua calligrafia, aveva scritto: «Seduta sotto la quercia non sia lei ma la quercia, nel bosco sia il bosco, sul prato sia il prato, tra gli uomini sia con gli uomini».

Il regno di Dio è dentro di voi, ricordi? Questa frase mi aveva già colpito quando vivevo a L'Aquila come sposa infelice. Quella volta, chiudendo gli occhi, scivolando con lo sguardo all'interno non riuscivo a vedere niente. Dopo l'incontro con padre Thomas qualcosa era cambiato, continuavo a non vedere niente, ma non era più una cecità assoluta, in fondo al buio cominciava a esserci un chiarore, ogni tanto, per brevissimi istanti riuscivo a scordarmi di me stessa. Era una luce piccola, debole, una fiammella appena, sarebbe bastato un soffio per spegnerla. Il fatto che ci fosse però mi dava una leggerezza strana, non era felicità quella che provavo ma gioia. Non c'era euforia, esaltazione, non mi sentivo più saggia, più in alto. Quel che cresceva dentro di me era soltanto una serena consapevolezza di esistere.

Prato sul prato, quercia sotto la quercia, persona tra le persone.

20 dicembre

Preceduta da Buck questa mattina sono andata in soffitta. Da quanti anni non aprivo quella porta! C'era polvere dappertutto e grandi opilionidi sospesi agli angoli delle travi. Muovendo le scatole e i cartoni ho scoperto due o tre nidi di ghiri, dormivano così profondamente che non si sono accorti di niente. Da bambini piace molto andare in soffitta, non altrettanto piace da vecchi. Tutto quello che era mistero, avventurosa scoperta, diventa dolore del ricordo.

Cercavo il presepe, per trovarlo ho dovuto aprire diverse scatole, i due bauli più grandi. Avvolti in giornali e stracci mi sono capitati tra le mani la bambola preferita di Ilaria, i suoi giochi di quand'era bambina.

Più sotto, lucidi e perfettamente conservati, c'erano gli insetti di Augusto, la sua lente di ingrandimento, tutta l'attrezzatura che usava per raccoglierli. In un contenitore per caramelle poco distante, legate con un nastrino rosso c'erano le lettere di Ernesto. Di tuo non c'era niente, tu sei giovane, viva, la soffitta non è ancora il tuo luogo.

Aprendo i sacchetti contenuti in uno dei bauli ho trovato anche le poche cose della mia infanzia che si erano salvate dal crollo della casa. Erano bruciacchiate, annerite, le ho tirate fuori come fossero reliquie. Si trattava per lo più di oggetti di cucina: un catino di smalto, una zuccheriera di ceramica bianca e azzurra, qualche posata, uno stampo da torta e in fondo, le pagine di un libro slegate e senza copertina. Che libro era? Non riuscivo a ricordarmelo. Soltanto quando con delicatezza l'ho preso in mano e ho cominciato a scorrere le righe dall'inizio, tutto mi è tornato in mente. È stata un'emozione fortissima: non era un libro qualsiasi ma quello che da bambina avevo amato più di tutti, quello che più di ogni altro mi aveva fatto sognare. Si chiamava *Le meraviglie del Duemila* ed era, a suo modo, un libro di fantascienza. La storia era abbastanza semplice ma ricca di fantasia. Per vedere se le magnifiche sorti del progresso si sarebbero avverate, due scienziati di fine Ottocento si erano fatti ibernare fino al Duemila. Dopo un secolo esatto il nipote di un loro collega, scienziato a sua volta, li aveva scongelati e, a bordo di una piccola piattaforma volante, li aveva condotti a fare un giro istruttivo per il mondo. Non c'erano extraterrestri in questa storia né astronavi, tutto quello che avveniva riguardava soltanto il destino dell'uomo, quello che aveva costruito con le sue mani. E, a sentire l'autore, l'uomo aveva fatto tante cose e tutte meravigliose. Non c'era più fame nel mondo né povertà perché la scienza, unita alla tecnologia, aveva trovato il modo di rendere fertile ogni angolo del pianeta e – cosa ancora più importante – aveva fatto in modo che quella fertilità venisse distribuita in modo equo tra tutti i suoi abitanti. Molte macchine sollevavano gli uomini dalle fatiche del lavoro, il tempo libero per tutti era molto e così ogni essere umano poteva coltivare le parti più nobili di sé, ogni lato del globo risuonava di musiche, di versi, di conversazioni filosofiche pacate e dotte. Come se ciò non bastasse, grazie alla piattaforma volante, ci

si poteva trasferire in poco meno di un'ora da un conti-
nente all'altro. I due vecchi scienziati sembravano molto soddisfatti: tutto quello che, nella loro fede positivi-
sta avevano ipotizzato, si era avverato. Sfogliando il libro ho ritrovato anche la mia illustrazione preferita:
quella in cui i due corpulenti studiosi, con barba darwi-
niana e panciotto a quadri, si affacciano gongolanti dalla piattaforma a guardare sotto.

Per fugare ogni dubbio, uno dei due aveva osato
fare la domanda che più gli stava a cuore: «E gli anarchici», aveva chiesto, «i rivoluzionari esistono ancora?» «Oh, certo che esistono», aveva risposto la loro
guida sorridendo. «Vivono in città tutte per loro, co-
struite sotto il ghiaccio dei Poli, così se per caso voles-
sero nuocere agli altri, non potrebbero farlo.»

«E gli eserciti», incalzava allora l'altro, «come mai
non si vede neanche un soldato?»

«Gli eserciti non esistono più», rispondeva il giovanotto.

A quel punto i due tiravano un sospiro di sollievo:
finalmente l'uomo era tornato alla sua bontà originaria!
Era un sollievo di breve durata però perché subito la
guida diceva loro: «Oh no, non è questa la ragione.
L'uomo non ha perso la passione di distruggere, ha solo
imparato a trattenersi. I soldati, i cannoni, le baionet-
te, sono strumenti ormai superati. Al loro posto c'è un
ordigno piccolo ma potentissimo: si deve proprio a lui
la mancanza di guerre. Basta infatti salire su un monte
e lasciarlo cadere dall'alto per ridurre il mondo intero a
una pioggia di briciole e schegge».

Gli anarchici! I rivoluzionari! Quanti incubi della
mia infanzia in queste due parole. Per te forse è un po'
difficile capirlo ma devi tenere conto che quando è
scoppiata la rivoluzione d'ottobre io avevo sette anni.

Sentivo bisbigliare dai grandi cose terribili, una mia compagna di scuola mi aveva detto che di lì a poco i cosacchi sarebbero scesi fino a Roma, a San Pietro e avrebbero abbeverato i loro cavalli alle fonti sacre. L'orrore, naturalmente presente nelle menti infantili, si era imbevuto di quell'immagine: di notte, al momento di addormentarmi, sentivo il rumore dei loro zoccoli in corsa giù dai Balcani.

Chi avrebbe potuto immaginare che gli orrori che avrei visto sarebbero stati ben diversi, ben più sconvolgenti dei cavalli al galoppo per le vie di Roma! Quando da bambina leggevo questo libro facevo grandi calcoli per capire se, con i miei anni, sarei riuscita ad affacciarmi al Duemila. Novant'anni mi sembrava un'età piuttosto avanzata ma non impossibile da raggiungere. Quest'idea mi dava una sorta di ebbrezza, un senso leggero di superiorità su tutti coloro che al Duemila non sarebbero giunti.

Adesso che quasi ci siamo, so che non ci arriverò. Provo rimpianto, nostalgia? No, sono soltanto molto stanca, di tutte le meraviglie annunciate ne ho vista compiersi una soltanto: l'ordigno minuscolo e potentissimo. Non so se capita a tutti negli ultimi giorni della propria esistenza, questo senso improvviso di aver vissuto troppo a lungo, di aver troppo visto, troppo sentito. Non so se capitava all'uomo del neolitico come capita adesso oppure no. In fondo, pensando al secolo quasi intero che ho attraversato, ho l'idea che in qualche modo il tempo abbia subito un'accelerazione. Un giorno è sempre un giorno, la notte è sempre lunga in proporzione al giorno, il giorno in proporzione alle stagioni. Lo è adesso come lo era al tempo del neolitico. Il sole sorge e tramonta. Astronomicamente, se c'è una differenza, è minima.

Eppure ho la sensazione che adesso tutto sia più accelerato. La storia fa accadere tante cose, ci bersaglia con avvenimenti sempre diversi. Alla fine di ogni giorno ci si sente più stanchi; al termine di una vita, esausti. Pensa soltanto alla rivoluzione di ottobre, al comunismo! L'ho visto sorgere, a causa dei bolscevichi non ho dormito la notte; l'ho visto diffondersi nei paesi e dividere il mondo in due grandi spicchi, qui il bianco e lì il nero – il bianco e il nero in lotta perpetua tra di loro – per questa lotta siamo rimasti tutti con il fiato sospeso: c'era l'ordigno, era già caduto ma poteva cadere di nuovo in qualsiasi momento. Poi, ad un tratto, un giorno come tutti gli altri, apro la televisione e vedo che tutto questo non esiste più, si abbattono i muri, i reticolati, le statue: in meno di un mese la grande utopia del secolo è diventata un dinosauro. È imbalsamata, è ormai innocua nella sua immobilità, sta in mezzo a una sala e tutti ci passano davanti e dicono, com'era grande, oh, com'era terribile!

Dico il comunismo, ma avrei potuto dire qualsiasi altra cosa, me ne sono passate talmente tante davanti agli occhi e di queste tante nessuna è rimasta. Capisci adesso perché dico che il tempo è accelerato? Nel neolitico cosa mai poteva succedere nel corso di una vita? La stagione delle piogge, quella delle nevi, la stagione del sole e l'invasione delle cavallette, qualche scaramuccia cruenta con dei vicini poco simpatici, forse l'arrivo di una piccola meteorite con il suo cratere fumante. Oltre il proprio campo, oltre il fiume non esisteva altro, ignorando l'estensione del mondo il tempo per forza era più lento.

«Che tu possa vivere in anni interessanti», pare si dicano tra loro i cinesi. Un augurio benevolo? Non credo, più che un augurio mi sembra una maledizione. Gli anni interessanti sono i più inquieti, quelli in cui accadono molte cose. Io ho vissuto in anni molto interessanti, ma quelli che vivrai tu forse saranno più interessanti ancora. Anche se è una pura convenzione astronomica, il cambio di millennio pare porti sempre con sé un grande sconquasso.

Il primo gennaio del Duemila gli uccelli si sveglieranno sugli alberi alla stessa ora del 31 dicembre del 1999, canteranno allo stesso modo e, appena finito di cantare, come il giorno prima, andranno alla ricerca di cibo. Per gli uomini invece sarà tutto diverso. Forse – se il castigo previsto non sarà giunto – si applicheranno con buona volontà alla costruzione di un mondo migliore. Sarà così? Forse, ma forse anche no. I segnali che fin qui ho potuto vedere sono diversi e tutti in contrasto tra loro. Un giorno mi pare che l'uomo sia soltanto uno scimmione in balìa dei suoi istinti e in grado purtroppo di manovrare macchine sofisticate e pericolosissime; il giorno dopo invece, ho l'impressione che il peggio sia già passato e che la parte migliore dello spirito cominci già ad emergere. Quale ipotesi sarà vera? Chissà, forse nessuna delle due, forse davvero nella prima notte del Duemila il Cielo, per punire l'uomo della sua stupidaggine, del modo poco saggio in cui ha sprecato le sue potenzialità, farà cadere sulla terra una terribile pioggia di fuoco e lapilli.

Nel Duemila tu avrai appena ventiquattro anni e vedrai tutto questo, io invece me ne sarò già andata portandomi nella tomba questa curiosità insoddisfatta. Sarai pronta, sarai capace di affrontare i tempi nuovi? Se in questo momento scendesse dal cielo una fatina e mi chiedesse di esprimere tre desideri, sai cosa le chiederei? Le chiederei di trasformarmi in un ghiro, in una cincia, in un ragno di casa, in qualcosa che, pur non essendo visto, ti viva accanto. Non so quale sarà il tuo futuro, non riesco a immaginarlo, siccome ti voglio bene soffro molto a non saperlo. Le poche volte che ne abbiamo parlato tu non lo vedevi per niente roseo: con l'assolutezza dell'adolescenza eri convinta che l'infelicità che ti perseguitava allora ti avrebbe perseguitato per sempre. Io sono convinta dell'esatto contrario. Perché mai ti domanderai, quali segni mi fanno nutrire quest'idea folle? Per Buck, tesoro, sempre e soltanto per Buck. Perché quando l'hai scelto al canile credevi di aver scelto soltanto un cane tra gli altri cani. In quei tre giorni in realtà hai combattuto dentro di te una battaglia ben più grande, ben più decisiva: tra la voce dell'apparenza e quella del cuore senza alcun dubbio, senza alcuna indecisione, hai scelto quella del cuore.

Alla tua stessa età molto probabilmente io avrei scelto un cane soffice ed elegante, avrei scelto il più nobile e profumato, un cane con cui andare a passeggio per essere invidiata. La mia insicurezza, l'ambiente in cui ero cresciuta mi avevano già consegnato alla tirannia dell'esteriorità.

## 21 dicembre

Da tutta quella lunga ispezione in soffitta ieri alla fine
ho portato giù soltanto il presepe e lo stampo da torta
sopravvissuto all'incendio. Il presepe va bene, dirai,
siamo a Natale, ma lo stampo cosa c'entra? Questo
stampo apparteneva a mia nonna cioè alla tua trisavola
ed è l'unico oggetto rimasto di tutta la storia femminile
della nostra famiglia. Con la lunga permanenza in soffitta si è molto arrugginito, l'ho portato subito in cucina e nel lavello, adoperando la mano buona e le spu-
gnette adatte, ho cercato di pulirlo. Pensa quante volte
nella sua esistenza è entrato e uscito dal forno, quanti
forni diversi e sempre più moderni ha visto, quante mani diverse eppure simili l'hanno riempito con l'impasto.
L'ho portato giù per farlo vivere ancora, perché tu lo
usi e magari, a tua volta, lo lasci in uso alle tue figlie,
perché nella sua storia di oggetto umile riassuma e ricordi la storia delle nostre generazioni.

Appena l'ho visto in fondo al baule mi è tornata
in mente l'ultima volta che siamo state bene assieme.
Quand'era? Un anno fa, forse un po' più di un anno fa.
Nel primo pomeriggio eri venuta senza bussare nella
mia stanza, io stavo riposando distesa sul letto con le
mani raccolte sul petto e tu vedendomi eri scoppiata a
piangere senza alcun ritegno. I tuoi singhiozzi mi han-

no svegliata. «Cosa c'è?» ti ho chiesto mettendomi a sedere. «Cos'è successo?» «C'è che presto morirai», mi hai risposto piangendo ancora più forte. «Oddio, tanto presto speriamo di no», ti ho detto ridendo e poi ho aggiunto: «Sai cosa? Ti insegno qualcosa che io so fare e tu no, così quando non ci sarò più la farai e ti ricorderai di me». Mi sono alzata e mi hai buttato le braccia al collo. «Allora», ti ho detto per sciogliere la commozione che stava prendendo anche me, «cosa vuoi che ti insegni a fare?» Asciugandoti le lacrime ci hai pensato un po' e poi hai detto: «Una torta». Così siamo andate in cucina e abbiamo iniziato una lunga battaglia. Prima di tutto non volevi infilarti il grembiule, dicevi: «Se me lo metto poi dovrò mettere anche i bigodini e le ciabatte, che orrore!» Poi davanti alle chiare da montare a neve accusavi male a un polso, ti arrabbiavi perché il burro non si amalgamava ai tuorli, perché il forno non era mai abbastanza caldo. Nel leccare il mestolo con cui avevo sciolto la cioccolata il naso mi si è tinto di marrone. Vedendomi sei scoppiata a ridere. «Alla tua età», dicevi, «non ti vergogni? Hai il naso marrone come quello di un cane!»

Per fare quel semplice dolce abbiamo impiegato un pomeriggio intero riducendo la cucina in uno stato pietoso. All'improvviso tra noi era nata una grande leggerezza, un'allegria fondata sulla complicità. Soltanto quando la torta è entrata finalmente nel forno, quando l'hai vista scurirsi piano piano oltre il vetro, tutt'a un tratto ti sei ricordata perché l'avevamo fatta e hai ricominciato a piangere. Davanti al forno cercavo di consolarti. «Non piangere», ti dicevo, «è vero che me ne andrò prima di te ma quando non ci sarò più ci sarò ancora, vivrò nella tua memoria con i bei ricordi: vedrai gli alberi, l'orto, il giardino e ti verranno in mente tutti i momenti felici che abbiamo passato assieme. La stessa cosa ti succederà se ti siederai sulla mia poltrona, se farai la torta che oggi ti ho insegnato a fare e mi vedrai davanti a te con il naso color marrone.»

## 22 dicembre

Oggi, dopo la colazione, sono andata in salotto e ho cominciato ad allestire il presepe al solito posto, vicino al camino. Per prima cosa ho sistemato la carta verde, poi i pezzetti di muschio secco, le palme, la capanna con dentro san Giuseppe e la Madonna, il bue e l'asinello e sparsa intorno la folla dei pastori, le donne con le oche, i suonatori, i maiali, i pescatori, i galli e le galline, le pecore e i caproni. Con il nastro adesivo, sopra il paesaggio, ho sistemato la carta blu del cielo; la stella cometa l'ho messa nella tasca destra della vestaglia, in quella sinistra i Re Magi; poi sono andata dall'altro lato della stanza e ho appeso la stella sulla credenza; sotto, un po' distante, ho disposto la fila dei Re e dei cammelli.

Ti ricordi? Quand'eri piccola, con il furore di coerenza che contraddistingue i bambini, non sopportavi che la stella e i tre Re stessero fin dall'inizio vicino al presepe. Dovevano stare lontano e avanzare piano piano, la stella un po' avanti e i tre Re subito dietro. Allo stesso modo non sopportavi che Gesù Bambino stesse prima del tempo nella greppia e così dal cielo lo facevamo planare nella stalla alla mezzanotte in punto del ventiquattro. Mentre sistemavo le pecore sul loro tappetino verde mi è tornata in mente un'altra cosa che amavi fare con il presepe, un gioco che avevi inventato tu e non ti stufavi mai di ripetere. Per farlo, all'inizio, credo che tu ti sia ispirata alla Pasqua. Per Pasqua, infatti, avevo l'abitudine di nasconderti le uova colorate nel giardino. Per Natale invece delle uova tu nascondevi le pecorelle, quando io non vedevo ne prendevi una dal gregge e la mettevi nei luoghi più impensati, poi mi raggiungevi dov'ero e cominciavi a belare con voce disperata. Allora iniziava la ricerca, lasciavo ciò che stavo facendo e con te dietro che ridevi e belavi giravo per la casa dicendo: «Dove sei pecorella smarrita? Fatti trovare che ti porto in salvo».

E adesso, pecorella, dove sei? Sei laggiù adesso mentre scrivo, tra i coyote e i cactus; quando starai leggendo con ogni probabilità sarai qui e le mie cose saranno già in soffitta. Le mie parole ti avranno portato in salvo? Non ho questa presunzione, forse soltanto ti avranno irritata, avranno confermato l'idea già pessima che avevi di me prima di partire. Forse potrai capirmi soltanto quando sarai più grande, potrai capirmi se avrai compiuto quel percorso misterioso che dall'intransigenza conduce alla pietà.

Pietà, bada bene, non pena. Se proverai pena, scenderò come quegli spiritelli malefici e ti farò un mucchio di dispetti. Farò la stessa cosa se, invece di umile, sarai modesta, se ti ubriacherai di chiacchiere vuote invece di stare zitta. Esploderanno lampadine, i piatti voleranno giù dalle mensole, le mutande finiranno sul lampadario, dall'alba a notte fonda non ti lascerò in pace un solo istante.

Invece non è vero, non farò niente. Se da qualche parte sarò, se avrò modo di vederti, sarò soltanto triste come sono triste tutte le volte che vedo una vita buttata via, una vita in cui il cammino dell'amore non è riuscito a compiersi. Abbi cura di te. Ogni volta in cui, crescendo, avrai voglia di cambiare le cose sbagliate in cose giuste, ricordati che la prima rivoluzione da fare è quella dentro se stessi, la prima e la più importante. Lottare per un'idea senza avere un'idea di sé è una delle cose più pericolose che si possa fare.

Ogni volta che ti sentirai smarrita, confusa, pensa agli alberi, ricordati del loro modo di crescere. Ricordati che un albero con molta chioma e poche radici viene sradicato al primo colpo di vento, mentre in un albero con molte radici e poca chioma la linfa scorre a stento. Radici e chioma devono crescere in egual misura, devi stare nelle cose e starci sopra, solo così potrai offrire ombra e riparo, solo così alla stagione giusta potrai coprirti di fiori e di frutti.

E quando poi davanti a te si apriranno tante strade e non saprai quale prendere, non imboccarne una a caso, ma siediti e aspetta. Respira con la profondità fiduciosa con cui hai respirato il giorno in cui sei venuta al mondo, senza farti distrarre da nulla, aspetta e aspetta ancora. Stai ferma, in silenzio, e ascolta il tuo cuore. Quando poi ti parla, alzati e va' dove lui ti porta.

## Romanzi e Racconti

Stampato nel febbraio 1996 per conto di
Baldini&Castoldi s.r.l.
da «La Tipografica Varese S.p.A.»